JN177784

ヤクザに惚れられました

〜フェロモン探偵つくづく受難の日々〜

丸木文華

white heart

講談社X文庫

目次

「フェロモン探偵」シリーズ

キャラクター紹介

夏《なつ》川《かわ》 映《あきら》

和装の美形探偵。由緒ある家柄で、絵画と琴の腕前は天才的。厄介事と妙な男を引き寄せてしまう超トラブル&フェロモン体質。美少年好きでタチと公言している。

蒼《あお》井《い》秀《しゅう》一《いち》

化学研究者。拓也の同級生で、映の元家庭教師。映の体を仕込んだ張本人。

白《しら》松《まつ》龍《りゅう》二《じ》

雪也の双子の弟。白松組若頭。

Pheromone Detective Series

Characters

本名は白《しら》松《まつ》龍一《りゅういち》。実家は関東広域系ヤクザ白松組。家業は継がず、大学時代に会社を興し、今は悠々自適の生活。記憶喪失だったところを映に拾われ、助手になる。ゲイではなかったが、映とは体の関係に。
如月《きさらぎ》雪也《ゆきや》
夏川《なつかわ》拓也《たくや》
映の兄。雪也とは大学時代からの友人。
夏川《なつかわ》美月《みつき》
映の妹。映の数少ない理解者。

イラストレーション／相葉《あいば》キョウコ

ヤクザに惚れられました

～フェロモン探偵つくづく受難の日々～

雪也《ゆきや》、実家に帰る

世の中ひとつの世界に見えても、そこには見えるものと見えないものとがある。

背中合わせで暮らしていても、近くにあるのにわからないもの。同時に存在しているのに、決して交わらないもの、理解されないもの。

夏川《なつかわ》映《あきら》の生きていた世界も、ある意味では大部分の人々にとってそういった種類の場所だった。

日本画の大家として著名な父、旧華族の血を引く琴の一大流派を率いる母。そして映自身も若くして絵画で多くの賞を獲得し、また琴の名手でもあり、あまりにもきらびやかな、華やかな世界の中心に立っていたのである。

けれど、映はそこに背を向けて逃げ出した。輝かしい世界を飛び出し、何のしがらみもない場所で生きようと、1DKの慎《つつ》ましい事務所で探偵業を営んできた。

そしてそんな日々の中で出会った相棒。またはセフレ。もしくは債権者。

彼のいた世界も、大多数の一般市民からは見えない場所にあった。それは恐らく、誰もが関わりたくないものとして掲げる筆頭候補である。

「え。雪也、実家帰んの？」

同居人、如月《きさらぎ》雪也の突然の宣言に、映はカレーを食べる手を止めて目を丸くした。

雪也手製の長々と時間をかけてコトコト煮込んだ絶品カレーである。育ちがいい割に味覚が大雑把な映の好むわかりやすい美味《おい》しさの料理を、甲斐甲斐《かいがい》しく日々提供してくれていたこの男がいないとなると、この先食生活はどうなるのだろうか、などとあさってな考えが浮かんでしまう。

「はい。残念ながら、のっぴきならない事態が発生しまして」

「それって、やっぱあれか。ヤクザの抗争的な……」

「まあ、そんなようなものです」

雪也の本名は白松《しらまつり》龍一《ゅういち》といい、実家は関東広域系のヤクザ白松組である。構成員一万人弱を有する、国内でも指折りの由緒正しい（？）極道一家だ。

本来ならば雪也が家の跡を継ぐはずだったらしいが、ヤクザ稼業を嫌って学生時代からすでに自分で会社を立ち上げ独立したため、実家とはほぼ縁のない生活を送ってきた。

現在、雪也の双子の弟である龍二《りゅうじ》が若頭として父親を補佐し、組の跡目を継ぐ立場となっているらしいが、この龍二がちょくちょく映の探偵事務所にやって来たり色々ちょっかいを出してきたりと、映とも無関係とは言えない間柄となっている。

雪也は赤ワインを飲みながら表情を曇らせ、重々しいため息を落とす。これまであまり家の詳しい話というのは聞いてこなかった。雪也もあえて話さなかったし、映も聞こうとしていない。

二人でいるとき、雪也は白松龍一ではなく如月雪也なのであって、去年二月の雪の日に事務所の前でぶっ倒れていた男という人物以外の何者でもなかったからだ。

しかし、今回ばかりは、どうにもならない家庭の事情が勃発《ぼっぱつ》してしまった様子である。それは一般的にいう『事情』というものとはかなりかけ離れたものに違いないのだが。

「一応、映さんにも事情は説明しておかないといけませんね」

「そりゃ……知っておきたいわな。だって、あんたが実家戻るって、よっぽどのことだろ」

知り合って以来雪也が実家に足を向けたのを見たことはないし、その話を聞いていれば絶縁状態とはいかないまでも、かなり距離のある関係性に思える。映がトラブル体質なこともあって雪也はほとんど側から離れたこともなく、仕事や他の用事で少し出ていくことはあっても、一日以上顔を見ないということはほぼなかった。

「ええ、まあ。完全に戻る、というわけではないんです。一時的なものですし、どのくらいかかるかはわかりませんが、そんなに長くはないと思います」

「家業継ぎに帰るってわけじゃないのか？」

「まさか。それはあり得ません」

雪也は苦笑しつつ、かぶりを振る。

「龍二は撃たれましたが、命に別状はないらしいですし……しばらくは絶対安静のようですが」

「へ……龍二さん、撃たれたのか⁉」

飛び上がって驚く映に、雪也は何でもない顔をして淡々と説明する。

「弾は左肩に入りました。鎖骨《さこつ》は多少損傷しましたが大切な臓器は傷つけていませんし、付近の太い血管も何とか無事です。銃弾は幸いその一発だけでした。今はあいつのことは心配ないでしょう」

「でも、左肩って……」

もう少し弾の位置が下がれば、そこは心臓だったはずだ。想像しただけでゾッと震え上がるような恐怖が込み上げる。

映の胸の内を読んだように、雪也は頷《うなず》いた。

「そうです、あいつは命を狙《ねら》われていた。持ち前の悪運の強さで何とかなりましたが、これは相当のことです。さすがに、俺も家を出た身だからと知らぬ存ぜぬではいられません」

「そっか……そりゃ、一大事だよな……」

雪也と龍二の兄弟は一見反目し合っているようにも見えるが、何だかんだで互いを認めているように思える。双子といえど同じなのは姿形だけで、中身は正反対と言っていいほど違う二人だ。ケンカばかりしていたようだが、やはり半身ともいえる存在を殺されかけたのだから、冷静な顔をしていても、雪也も心中穏やかではないだろう。

それにしても、殺しても死なないような印象を受けていたあの龍二が撃たれていたとは、衝撃である。雪也も危害を加えられれば倍返しするような男だが、龍二は更に百倍返しくらいはしそうなイメージがあったので、仕損じた相手は今頃戦々恐々としているのではないか。

「犯人、逃げたのか」

「ええ。ですが、早々に自《みずか》ら警察に出頭しましたよ」

「へ……そういうもんなの？」

「まあ、そうですね。こちらの組に捕まれば警察に行くよりも遥《はる》かにひどい目にあわされることは確実ですし、刑期を勤め上げて出てくれば、組織内で地位が上がることはほぼ確実でしょうし」

「あ……やっぱ、相手もヤクザなのか」

「当然です。どこの一般人がヤクザの若頭を狙う必要があるんです」

確かにその通りだ。というか、一般の人間は誰が白松組の構成員で、誰が若頭なのかも知らないだろう。よっぽど妙な縁で深く関わらない限りは——映のように。

「撃った男は黒竹会《くろたけかい》の下っ端でした。いわゆる鉄砲玉というやつです。まあ出頭した男が本当に龍二を撃った本人なのかはわかりませんが、恐らく本人でしょう。凄腕《すごうで》のヒットマンなら組織があえて手放すはずはありませんが、殺し損なったのですから」

「黒竹会って……あれだよな。あんたんとこと敵対してるっていう」

「そうです。俺があなたの事務所の前で転ぶ羽目《はめ》になったのも、元を辿《たど》ればそいつらのせいです」

そういえば、と映はあのときのことを思い返す。雪也は抜群の運動神経を持っているにもかかわらず、雪で滑って転んで頭を打って記憶を失うという間抜けなコントのような事態に陥ったわけだが、不審に思いつつ、その理由を本人からきちんと聞いていなかった。

「それって、龍二さんと間違われたってこと？　あそこで転んでたの、そいつらに襲われたから？」

「ええ。正確には、あの場所で転ぶ前です。映さんの事務所に向かう前にチンピラに襲われまして、不覚を取って頭を殴られたんです。その目眩《めまい》が残っていて、雪に滑ったとき上手《うま》く受け身が取れなかったので」

　なるほど、と二年近く経《た》ってから真相を知り、納得する映である。

「顔が同じってのも楽じゃねえな……それじゃ、今までも人違いされたこと結構あったわけか」

「まあ、そうですね。つまり、あいつが狙われてたのは昨日今日の話じゃないんですよ。それだけ黒竹会との状態が悪いってことです」

「それにしては気軽にホイホイ事務所に来たりしてたじゃねえの」

「確かに。もちろん身ひとつじゃないとは思いますが、あいつにも油断があったことは確かです」

　映もさほどそちらの世界に詳しいわけではないが、年がら年中敵対する組織が互いの命を狙い合っているわけではないだろう。それが実際こういった事件が起きてしまうのは、何らかの理由で緊張状態が高まっているに違いない。

「それにしても、どういう状況で撃たれたわけ？　やっぱどっか出かけてるとき？」

「ええ、まあ……」

ふいに、雪也は口ごもる。

「あまり詳しい話はできません。今も調査中なんです」

「調査中って……だって、犯人は自首したわけだろ？」

「そうなんですが……色々とあるんですよ」

「色々って何だよ。組の事情的な？」

「まあ……そんなところです。俺もまだよく把握していないので、明後日《あさって》に戻って詳しい話を聞いてきます」

詳細を聞こうとすると曖昧《あいまい》な口調になる雪也に、映は苛立《いらだ》った。それまですらすらと喋《しゃべ》っていたのに途端に歯切れが悪くなったことから、本当に事情を知らないわけではないのがわかる。

(何だよ……俺のことは全部知りたいとか言ってしつこいくらい突っ込んでくるクセに、自分のこととなるとだんまりかよ)

雪也の気持ちは想像できる。危険な領域なので無闇《むやみ》に事情を明かしたくはないのだろう。けれどそれは純粋にフェアじゃないと映は感じた。こちらのことを深く知りたいと思うのなら、自らのことも明かすべきだ。

しかし、そんなことを主張したとしても、簡単に口を開くような男ではないこともわかっている。映は不満を呑《の》み込《こ》んで、話を続けた。

「じゃあ、明後日からここには帰ってこないってことか」

「いえ、ずっとではないと思います。実家は麻布《あざぶ》なので汐留《しおどめ》から近いんですよ。本当は通えないこともないのですが、事情が事情ですから……長く泊まり込むということではないと思います。毎日必ず連絡しますので」

「そっか……それじゃ、明後日以降、俺ってここ出た方がいいのかな」

雪也は目を丸くして映を見つめる。

「どうしてですか。そんなことをする必要はありませんよ」

「だってあんた、実家戻るんだろ？　俺、居候《いそうろう》だし。家主がいないのに俺だけいるのって悪いじゃん」

「いいえ、このままここにいてください。お目付け役を頼んでありますので」

突然飛び出した妙な言葉に、映はぽかんとして首を傾《かし》げた。

「は……？　お目付け役って……何だ、それ」

「そのままの意味です。申し訳ないんですが、ちょっと現状が厄介《やっかい》ですので、映さんももしかすると危ない目にあうかもしれません。だから、本当はあなたも実家に連れていきたいんですが……反対にそちらの方が危険な可能性もあるので、あなたには今まで通りの生活を送って欲しいんです」

「いや、だから、それでお目付け役って一体何なの」

「万が一のための用心棒です。俺がいない間、誰かに襲われたりしたら、あなたは自分の身を守れない。そうでしょう?」

「え、まあ、そうなんだけど……俺が襲われる可能性ってそんな高いわけ?」

雪也は難しい顔になって考え込む。

「正直、わかりません。ただ、龍二は何度も夏川探偵事務所を訪れていますし、映さんと直接接触を図っています。龍二をずっとつけ狙っていたのなら、あなたのことも把握している可能性が高い。そうなると、何らかの意図で近づいてくることもあり得るかもしれません」

「俺をどうこうしたって、龍二さんには影響ないと思うんだけど……」

「さあ。とにかく、龍二が実際に撃たれてしまったからには、注意してもし過ぎることはありませんよ。特に、映さんはトラブル体質ですから……余計なイザコザを呼び寄せる危険性があります」

「あー……それは否定できねえな」

映には昔から厄介事を引きつける何かが備わっているようで、珍妙な出来事には残念ながら事欠かない。そのために、雪の日に事務所の前で大の字になって倒れていた雪也を発見しても(またいつものアレか)と、さして驚かなかったほどである。

「そういうわけで……明後日から少し不自由をさせてしまうと思うんですが、少しだけ我慢してくださいね」

「いや……俺のことは気にすんなよ。龍二さん、大変なんだからさ。その、気がかりなこと、早く解決するといいな」

詳しい事情が聞けないのであれば、感想を述べることも意見を言うこともできない。人並みな気遣いの言葉をかけつつ、どこか雪也との距離が開いたように感じる。

(すべてを共有したいって言ってたのは、あんたの方なのにな)

ここから先は入ってくるなと線を引くのは自分も同じではないか。そのことをわかっているのかいないのか、少し他人行儀な口ぶりになってしまう映を、雪也は複雑そうな目で見つめている。

「すみません、俺の事情のせいで……」

「別に、謝ることねえよ。俺、平気だし。あんたが悪いんじゃねぇもん」

「でも、あなたと離れなきゃならないことが辛いし、心配です。俺が二人いればいいのに」

無茶なことを口にしつつ、宥《なだ》めるように優しく抱きしめてくる。映は平気だと言いつつ、どこかに滲《にじ》んでしまう不安な気持ちを読まれているようで、情けない心地がした。

そう、本当の懸念《けねん》は見知らぬ用心棒でもなく、美少年が足りないことでもない。

これまで覚えた経験のない種類の感情に、映自身も戸惑っている。この不可解な胸の内をどうすればいいのか、どう折り合いをつければよいのかまるでわからない。

「もう、いいよ、俺のことはさ……。正直、俺は雪也の方が心配だよ」

「俺？　どうしてですか。あなたと違って俺は浮気なんかしませんよ」

「ちーがーう、そういう方の心配じゃねえって」

雪也が明後日から向かっていく世界は、誰もが銃や何かしらの凶器を身に帯びている場所なのだ。

もしも、雪也の身に何かがあったら。そんなことを少し想像するだけで、映は馬鹿《ばか》みたいに震え出しそうになる。

雪也が白松組の人間ではないかと疑い始めたとき、正直関わり合いになりたくないと思った。パトロンに似たような人間はいるが、そういった関係の相手とは違い、雪也は映自らが命名し、自分の懐《ふところ》に招き入れた存在なのである。

けれど、どんどん深みにハマって、抜け出せなくなった。もう白松組だろうが何だろうが、側にいてくれなくては困る相手になってしまったのだ。

少なくとも今までは、雪也が実家を出ている状態だったため、彼のバックボーンをさほど意識せずにいることができたけれど、この状況では直視せざるを得ない。

自分が今深く依存している男は、裏社会の人間であり、いつ命を落としてもふしぎではない世界に属している人間なのだ、と。

「あのさ……雪也は、今起きてる問題を解決しに実家に帰るんだよな……？」

「ええ、そうです。少し厄介なことになっていそうなので、俺も協力しなければならないと思いまして」

「それって、やっぱ危険なこともあるんだろ？」

少し、雪也は沈黙する。

その僅《わず》かな空白が、映の言葉を肯定していることを意味していて、それだけで胸が詰まったように苦しくなる。

(こいつがいなきゃ、俺はもっと自由だった。ずっとまとわりつかれて、パトロンとの縁も切らされて、自宅に囲い込まれて、行動も制限されて……何でも好きにできた日々が懐かしかった。ちょっとでも隙《すき》があれば出し抜いて美少年漁《あさ》りに行こうとしたし、正直邪魔って思ったことも何度もある)

もう少し前だったら、きっと雪也の不在を喜んでいたかもしれない。監視の目を逃れて好きなことができると想像を膨らませてニヤついたかもしれない。もちろん、雪也自身の心配もしただろうけれど、ここまで追い詰められたような気持ちになったかどうか。

(今は……やっぱ、いなきゃ困るんだ。寂しい。辛い。もしもこのまま帰ってこなかったら、なんて考えたくもねえ。だけど、そういう覚悟もしなきゃなんねえ状況なんだ、きっと……)

雪也がいなくなってしまうことが怖い。

こんな風に思ってしまうことが不愉快で、情けなくて、涙が出そうになる。

自分でも思っていた以上に、この男に依存しているのだ。何もかもから解放されたくて、自由になりたくて、すべてを捨てて家を出たというのに、結局大切なものを作ってしまった。

元々一人では生きられない人間だった。窮屈なしがらみを嫌ってはいたけれど、一度自らの懐に入れてしまえば自分からは手放せない。

「大丈夫ですよ、映さん」

映の隠しようのない憂鬱《ゆううつ》な表情を見て、雪也は柔らかな声をかける。

「何も戦場に行って前線に出るわけじゃありません。俺自身は銃も刃物も持ちませんし、争いごとの矢面《やおもて》に立つようなことはしませんよ。何しろ、一度実家を出た身ですし、周りも俺のことはほとんどカタギの人間だと認識しています。それは他の組の人間も知っていますから」

「だけど……あんたと龍二さん、そっくりじゃんか。前も、間違えられて襲われたことあるし……」

「龍二が入院している情報は出回っているでしょうし、この状況で俺が間違えられることはないはずです」

「そうかもしんねえけど……雪也がそのつもりなくたって、もし龍二さんがいなくなったら、白松組の跡を継ぐのはあんただって……そう考える連中も少なくないだろ」

龍二を狙った相手の思惑が、白松組の次期組長を消すことなのだとしたら、次に狙われるのはきっと雪也だ。カタギの人間だと思われていたとしても、生きている限り、組織に戻る可能性はゼロではない。俗世を捨てて仏門に入った者が、あっさり戻ってきて家を継いだ話など歴史には山ほどあるのだし、武器を持つヤクザという物騒な現代のサムライとて例外ではないだろう。

「あいつが狙われた明確な理由はまだわかっていません。だから、俺が狙われるかどうかもわからない。少なくとも、今うちの組は厳戒態勢にありますから、そこをあえて再び狙ってくるというのは、ちょっと考えられません。一度作戦が失敗して、間を置かずに同じような行動を起こすというのは、あまりないことですから」

「うん……そうだよな。でも、やっぱ怖いよ」

駄々をこねているのを宥められているような空気に、思わず甘えたい気持ちが込み上げ、雪也の広い胸に猫のように頬《ほお》を寄せる。

「あんたすげえ強いし、頭も切れるし、きっと大丈夫なんだってわかってる。でも、あの龍二さんが殺されかけたって聞いてかなりビビったし、そんなところにあんたがこれから帰るって思うとさ……正直、行って欲しくねえよ」

「映さん……」

ぼんやりと呟《つぶや》くやいなや、雪也はいきなり映の肩を摑《つか》んで胸から引《ひ》き剝《は》がし、面食らったような顔で凝視してくる。

「可愛《かわい》過《す》ぎます。一体どうしたんですか。熱でもあるんじゃないですか」

「はあ⁉　た、ただ心配してるだけだろうが！　どうしたも何も……」

「あなたが俺のことを心配してくれたことなんて、今までありましたか？　記憶にないんですが」

そうだっただろうか。心配くらいしたこともあると思うのだが、確かに映も覚えがないかもしれない。

「そりゃ……そういうシチュエーションがなかったってだけじゃねえの。あんたが危険な目にあいそうだったときって、なかったと思うし」

「まあ、そうですね。大抵あなたが面倒なことを呼び寄せて、しょっちゅうさらわれたり自ら突っ込んでいったりして、俺ばかりが心配していましたからね」

うっ、と思わず言葉に詰まる。しかしそのほとんどはこの不可抗力なトラブル体質によるもので、映本人にはどうしようもないものだ。もちろん、自ら無鉄砲な行動に出て雪也に救出された状況もままあるのだが。

「ということは、今回初めて立場が逆になったわけですか。どうです、相手を心配する気分というのは」

「変な言い方しやがって。いい気分じゃないに決まってんだろうが」

「そうでしょう。俺の苦労を少しでもわかっていただけたら嬉《うれ》しいものですね」

「そりゃーどうも……すみませんでした」

唇を尖《とが》らせると、その口を塞《ふさ》がれて、そのままソファに押し倒される。

上から見下ろしてくる雪也はなぜか満足げな顔をしていて、うっとりと愛《いと》おしそうに映を見つめている。

「でも……嬉しいです。あなたも、俺に少しは気持ちがあるんだとわかって」

「何だよそれ……俺が少しも心配しない冷血人間だと思ってたわけ?」

「そういうわけじゃないんですが、俺の一方通行のような気がしていたものですから……あなたが少し俺の身を案じてくれるだけで、今とても満たされたような気がしているんですよ」

おかしなことを言う。これまで散々体を重ねてきたし、レイプじゃあるまいし一方通行では成立しない関係だ。

映の方から愛だの恋だの口にしないにせよ、互いに他にない存在だと認識していたはずだった。雪也から浴びるほどに好きです愛していますと言われれば、それに体で応えてきたつもりだ。

(俺の悪い癖で、随分不安にさせてたってことか……。けど、これぱっかりはどうしようもねえんだよなあ)

原因は映の過去にある。

映が男相手でないと反応しない体になってしまったのは、後天的なものだ。初恋は保育園の女の保育士だったし、何もなければ恐らくごくノーマルに異性を好きになって生きてきたに違いない。

けれど、それは捻《ね》じ曲《ま》げられてしまった。それ以来、映は男をおかしな気分にさせるフェロモンを発するようになったのだが、誰かれ構わず引っ掛けてしまうわりに、映の方が本気になって相手に寄りかかると、向こうは去っていってしまうのだ。

そのことに気づいてからは、映は誰かに心底惚《ほ》れるということがなくなった。心を完全にさらけ出し、身を委《ゆだ》ねることができなくなった。

雪也には恐らくすでに心の大半を持っていかれている。けれど、それを明かすわけにはいかない。そうすれば、雪也も自分から離れていってしまう、と感じているからだ。

「……俺が心配したくらいで喜ぶなよ。もしあんたがずっと帰ってこなかったら、俺、いなくなっちまうからな」

「それはいちばんの脅し文句ですね……絶対に戻りますから大丈夫ですよ。ずっと連絡も取るつもりですし。それに、そんなに長くはならないと思いますから」

「そんなの……わかんねえじゃん」

「わかりますよ。安心してください」

それに、と呟いて、雪也は大きな手のひらで映の頬を包み込む。

「あなたをずっと一人にしておくと、可哀想《かわいそう》ですから」

「……可哀想？　俺が？」

「我慢できないでしょう？　こんな淫乱《いんらん》な体」

そう言って着物の合わせ目からいやらしい手つきで肌を撫《な》でてくる。

「少しの間くらいなら保《も》つように、たっぷり満足させていってあげますから、安心してください」

「え……、いや、た、たっぷりって」

「明後日には出なくちゃいけませんから、今夜も明日の夜も一晩中しましょうか。あなたがもう当分はしたくないと思うくらいまで、ね」

俺、死ぬのかな？　と思いつつ、抵抗もせず雪也の唇を受け入れる映である。

そう、もうひとつの懸念は雪也も指摘した通り、体の問題だった。

映は定期的に男に抱かれなければおかしくなってしまう因果な体を持っている。そのために、資金集めや生活のこともありつつパトロンに抱かれていたのだが、その関係を雪也に無理やり切らされてしまった今、映の体を慰めてくれるのはこの男しかいない。

それがこの先いなくなってしまうとなると、自分がどうなってしまうのかわからず不安だった。何しろ、雪也と出会ってこういう関係になって以来、ほぼ毎日抱かれ続けているのだ。そんな日常に慣れてしまった肉体が、突然放置されたとき、どんな状態になるのか、映はまだ知らない。

「俺が全部してあげますから……心配をかけているせめてもの罪滅ぼしです」

「別に……あんたのせいじゃ、ねえだろ」

スルスルと帯を解かれて、いつの間にか前を開かれている。ねっとりとした愛撫《あいぶ》を肌に受けながら、首筋に鼻を押し当てられ深く匂《にお》いを嗅《か》がれて、その仕草が妙に興奮する。

「罪滅ぼしとか、そういうのいいから……ちゃんと、無事で帰ってこいよ」

「わかってます。大丈夫……あなたを一人になんて絶対しませんよ。こんな厄介な人……俺以外に誰も扱えませんから」

「ひってえの。あんたにだけは厄介とか言われたくねえよ」

胸の突起を唇に含まれて、息が上がる。すでに反応している下肢を弄《いじ》られながら執拗《しつよう》に胸を吸われると、すぐに思考は蕩《とろ》けてしまう。

「んっ……、ぁ、は……」

勃起《ぼっき》した乳頭を舐《な》められたり指で転がされたりして鼻から抜けるような声をこぼしつつ、映の手は勝手に雪也の体をなぞっている。

シャツの上からでもわかる張り出した胸筋。その下へ続く見事な凹凸を刻む腹筋。硬く張りのある背筋や引き締まった腰、臀部《でんぶ》の感触まで、確かめるように指先で、手のひらで愛撫する。

(本当は、こんな男らしい体、好きなんかじゃねえ……俺は、華奢《きゃしゃ》な美少年が好きなんだ……こんな、全身筋肉で覆われた鎧《よろい》みてえな体……重いし熱いし、苦手だ)

そう思いながらも、触れていれば欲情する。頭が興奮して、体が反応する。

それは、この肉体が味わわせてくれる快楽を知っているからだ。全身に刻み込まれているからだ。

全然好みじゃない男。それなのに、一緒にいると、心も体も満たされる。今まで出会ってきた男たちの誰よりも、深くすべてを包み込んでくれる。

雪也は全身で愛を与えてくれる。あふれるほどに、愛されているのを感じる。その分求めてくるものも大きくて、その海に溺《おぼ》れそうになりながら、これなしでは生きていけないと強く思う。

こんなことを考えてしまうのは、もしかすると失ってしまうかもしれない、と頭のどこかで怖がっているからなんだろう。

(こいつを拾ったときは、こんなことになるなんて考えもしなかった……まさか、これだけハマっちまうことになるだなんて)

大体、この男は女好きのノンケだったのだ。最初は映のふざけた誘いにもひどく拒否反応を示したほどだったのに、よくもここまで変わったものだ、としみじみと感じ入ってしまう。

近頃、雪也は映のものをしゃぶることに快感を覚えてしまったようで、尻《しり》をいじりながらずっと口の中で転がしていることが多くなった。

しかも妙に技巧が上達し、ギリギリまでイカせず、射精のタイミングまで調整してしまう巧みさを身につけている。

「あんた、さ……今更だけど……ほんと、男同士のセックス、慣れちまったな……」

「俺が相手にする男はあなただけですけれどね」

「あんだけ、嫌がってたクセに……今じゃ、こんな上手くなっちまって……」

「正直、あなたのことは男と思っていませんから」

妙なことを言う雪也に、映はぽかんとする。

「はあ……？　じゃ、あんたが今しゃぶってんの、何なんだよ」

「これは映さんです」

至極真面目《しごくまじめ》な顔で、勃起した映を咥《くわ》えつつ答える。

「男とか女じゃなくて、映さんは映さんです……あなたの体はあなたのものでしかない。そうでしょう？」

「いや……そりゃ、そうだけど……」

「俺はこれから先あなた以外の体を研究する予定はないので、日々精進して技術を磨くつもりです。楽しみにしていてくださいね」

その向上心は素晴らしいが、これ以上上手くなられると、多分本当の意味で昇天してしまうような気がするので、どうかやめてもらいたい。そんなことを考えつつ、口と指の繊細かつ的確な動きに、もう何度も達しそうになっている。

「まだ出しちゃいけません」

映の気配を敏感に察知して、後ろの膨らみの根本をぎゅっと押さえる。

思わず泣き声めいた呻《うめ》きが漏れる。もどかしい痛みに、イキそうだった感覚がまた僅かに遠のき、目眩のするような悶《もだ》えに腰が震える。

「も……そろそろ、いいだろ……」

「ダメですよ。もっとあなたのこれを楽しみたいんですから」

口の中で感触を楽しむように舌でなぶられて、後ろからは前立腺《ぜんりつせん》の膨らみをやわやわと揉《も》まれ、下腹部に痺《しび》れるような熱い快感がわだかまる。

「く、んぅ、は、あ、あ」

「いいですか……？　声、泣きそうですね……」

「い、一回、出させてよ……辛い」

「辛いの、好きなんじゃないですか？」

「げ、限度があんだろ……！　あんた、しつこ過ぎるよ……」

こらえきれないように太腿《ふともも》で雪也の頭を締めつける。堰《せ》き止《と》められた射精感が今にもあふれ

出しそうで、頭がおかしくなりそうだ。

我慢のできない人ですね、と笑いながら、雪也は大きな口で根本までかぶりつく。喉《のど》の奥で容赦なく亀頭《きとう》を吸われて、唇で乱暴に幹を扱《しご》かれ、映はあっという間に再び上り詰める。

「あっ……、あ、い……、で、出るっ……」

言葉よりも先に、下腹部が痙攣《けいれん》した。雪也は迷うことなくそれを嚥下《えんか》し、尿道に残っているものまで吸い上げるように執拗に貪《むさぼ》る。

射精の快感に陶然となりつつ、絶えずいじられている後ろの感覚に休む間もなく一度落ちた欲望は上昇を始める。

「また、すぐ勃起しましたね」

「だって、あんたがケツ……いじってるから……」

「こっちも、欲しいですか？」

聞くまでもないことを訊《たず》ねてくる。疼《うず》く体に煽《あお》られて、涙にぼやけた視界で何度も唾《つば》を飲み込む。

「欲しいに……決まってんだろ。知ってるくせに」

「すみませんね、オッサンなもんで……映さんに欲しいって口にされると、興奮するんですよ」

勃《た》ち上《あ》がったものをぺろりと舐めつつ、雪也は小さく笑った。

「口の中に入れるって、楽しいものですね……元々母親の乳を吸っていたから、原始的な欲求があるんでしょうか。女性にはこれほど頬張るほどのものがありませんから、映さんの体で初めて知りましたよ」

「そのうち、他の奴《やつ》のもしゃぶりたくなったりしてな」

「それはあり得ません。さっきも言ったでしょ。俺はあなたにしか興味がないんですよ」

可愛がるように先端を指先で撫でながら、横から根本にかぶりつき、無毛の下腹部にまで舌を這《は》わせる。

「映さんは、どんな男のものも口にするのは好きなんですか」

「今……そういうこと、聞くかよ」

「俺にだって聞いたじゃないですか」

「だって、雪也がしゃぶるの楽しいとか言うから……まあ、そういう気持ちもわかんねえでもないけど」

映は、特にフェラチオをするのもされるのもこだわりがない。して欲しいと言われればするし、したいと言われればさせた。堕落した体は尻で男を感じることを最も好むので、前戯はさほど重要ではなかった。後ろから満たしてさえもらえれば、満足できたのだ。

「つうか、あんたにやられてから、前のなんか、全部すっ飛んじまったよ……言っただろ。こんなデカイの、初めてだって……」

「確か、最初スリコギって言ってましたよね」

「だって冗談みてえなサイズだったんだもん。こんなの覚えちまったら、そりゃ……もう、あんたのでしか満足できねえよ」

上でしゃぶるのも、下で呑み込むのも。今更他の誰かの体なんかじゃ、物足りない。そういう風にしたのは当の本人なのに、知らぬ顔で他の男がいいかなどと訊ねてくるのが憎たらしい。

大きさもそうだが、ぶつけられる熱量が全然違う。息もできないほどに攻められて、求められて、全身食われそうだと思うことさえある。

すべて自分の色で塗り替えようとする貪欲《どんよく》さ。何もかも自分のものにしたいと熱望する、その飢えた欲望。

これまで映に夢中になる男たちは山ほどいたけれど、こんなにも激しく貪られたことはなかった。しかも、もうすぐ二年近くが経とうとしているのに、飽きるどころか、その熱意は増してゆくばかりだ。

そしてそれは、映も同じだった。どんどん、雪也が欲しくなる。我慢がきかなくなってゆく。

この男のすべてを、自分のものにしたくなる。心の中を自分だけで埋めたくなる。

「抱けよ、雪也……一晩中、やってくれんだろ」

「ええ。あなたが気絶しても、ずっと抱き続けますよ。夜の間、ずっと」

のしかかられて、呼吸が乱れる。

いつでも繋《つな》がる瞬間はひどく昂揚《こうよう》する。自分の体の中に異物を受け入れる感覚。そのように造られていない男の体では、どこまでも慣れない違和感がつきまとう。

けれどそれが何よりも快感だ。支配される被虐的な感覚に溺れられる。生まれ持った性も何もかもを超越した暴力的な快楽にどっぷりと浸《つ》かるこの中毒性は、きっと一度覚えてしまえば死ぬまで抜け出せない。

「あ……あ、あ、雪也……」

「映さん……」

腰を軽々と抱え上げられて、ゆっくりと挿入される。ローションでたっぷりと潤った狭い道を掻《か》き分《わ》けてぐぷぐぷと埋められる、脳天に突き抜けるような甘い甘い心地よさ。

最奥《さいおう》の突き当たりまで深々と受け入れれば、その充足感に全身が例えようのない幸福感で満たされ、四肢の先まで熱くなる。

「すごい、中、動いてますね……」

「すげえ、いい……あ、もう、こうしてるだけで、イく……」

雪也のものに体の中心を貫かれていると思うだけで、粘膜でそのどっしりとした質量を感じるだけで、いとも容易《たやす》く映の肉体は絶頂に達してしまう。

分厚い体にしがみついて微《かす》かな声とともに痙攣すると、自分の腹が温かな体液で濡《ぬ》らされてゆく感覚があった。

「動いてないのに、イっちゃったんですか」

「ん……、あ……、だって……、気持ちよくて……」

「本当に、淫乱ですね、映さんは……」

映を嘲《あざけ》りながら、雪也の頬は興奮に紅潮している。

「一晩かけて愛しても、あなたはすぐに渇きそうだ……本当に、手間のかかる人ですね。まるで燃費の悪い高級車です」

「好きで乗ってんのは、あんただろ……」

思わずそう返すと、雪也はにっこり笑ってそうですよ、と甘いキスを落とす。

今夜はガス欠になるまで乗り回して差し上げます、と空恐ろしいことを囁《ささや》きながら。

＊＊＊

まだ頭の奥が靄《もや》がかかったように霞《かす》んでいる。

昼過ぎにようやく目が覚めて、雪也の用意したブランチをのろのろと食べているけれど、意識は半分夢の中だ。

雪也はぼうっとしている映を飽かずじっと見つめている。

「大丈夫ですか、映さん」

「大丈夫に見えるかよ……」

「だめですね。食べたらまた横になってください」

曖昧に頷きながら、言葉通り夜中散々蹂躙《じゅうりん》された疲労感に埋没する。

何回達したか覚えていない。毎度のことだが、最中はほとんど意識が吹っ飛んでいて気づいたら朝になっている。

「今夜は、もうしたくないですか」

「ううん……する」

「でも、そんなに疲れてるんじゃ億劫《おっくう》でしょう」

「そんなの関係ねえよ」

いつもよりも映を気遣う雪也が、妙に切なく思える。

「あんた、明日からいないんだから……嫌ってほど、して欲しい」

「そんな……最後の別れじゃないんですから」

「だって……」

明日から、こんなやり取りも日常的にできなくなるのだ。そう思うと、少しも離れていたくない。夜は一緒に眠りたい。いちばん深い場所で繋がっていたい。

映の揺れる心を見透かしたように、雪也は優しくその体を抱き締める。

「心配なのは、お互い様ですよ。きっと大丈夫です」

「雪也……」

温かい腕の中で、心が弛緩《しかん》する。雪也の言動にいちいち気持ちが動く自分が嫌になるけれど、いい加減認めるしかない。この男に身も心も捕らわれているのだと。

雪也は映の頬を大きな手で包み込み、どこか悲しげな表情で見つめてくる。

「まあ、俺がいちばん心配なのは、襲われることよりも、映さん自身の行動なんですけどね……」

「……はい？」

「俺がいないのをいいことに、これ幸いとまた美少年を漁りに行くんじゃないかと……」

「あ……あのなあ！」

甘い雰囲気になっていると思っていたら、何というあさってなことを考えているのか。映は一気に目が覚めた。

「今は色々と緊急事態だろうが。いくら俺でも、あんたの弟が大変なときにそんな気分になるわけねえし！　そこまで信用ねえのかよ！」

じっとりとした目で凝視してくる雪也に、ぐぬぬと歯ぎしりをする映である。

確かに信用されないような行動を今までとってきたかもしれない。けれど身近な人間が殺されかかったという物騒なこの状況で、ただでさえ減退している美少年への性欲がもりもりと湧《わ》いてくるわけがないではないか。

そう、映は以前とは少し変わった。これまでは隙あらば獲物を求めてハイエナのように徘徊《はいかい》することもままあったが、蒼井秀一《あおいしゅういち》というトラウマが帰国して以来、あまりそんな気分になれずにいる。

もちろん、目の前にオイシイ案件が転がってくれれば食指も動くが、自ら性の対象を探しにコソコソと動き回るというようなモチベーションはまだ戻ってきそうにない。

（そういや……あれ以来、どうなってんのかな、あの人は……）

十一月の半ばの今、久しぶりの再会からひと月以上が経っている。あれから特に蒼井の話は聞こえてこない。彼との間にいる兄の拓也《たくや》に映から訊ねていないこともあるし、兄と頻繁に会っていないこともある。もしもあのときしていた結婚の話が実現したならば、それも望むと望まざるとにかかわらず聞かされるはずだろう。

（別に、俺が気にしたって仕方がない。もう何もかも終わったことだし、あの人が結婚しようが子どもを作ろうが、俺には関係のない話だ……）

そう思いながらも、ふと頭に浮かぶ存在。心の奥底にはあの男の痕跡《こんせき》が呪《のろ》いのように沈殿しており、それは長いときが経った今でも消えてなくなってはくれない。

蒼井秀一がアメリカから帰国するという話を聞かされて以来、あからさまに様子のおかしかった映を勘ぐって、雪也は言葉で、体で映を責めて、何とか秘密を引きずり出そうとした。けれど映が頑として口を割らないので、直接的な行動に訴えることは諦《あきら》めたようだが、恐らくまだそのことを気にしているはずだ。

しかし、雪也は雪也で、今回映に隠し事をしている。そのために映が美少年探しをやめていることをすっかり忘れてしまったのか、しょうもない心配をしているらしい。この微妙な鈍感さが地団駄《じだんだ》を踏みたいほどもどかしい。

「とにかく！　雪也が心配するようなことしねえし。だからそういう目で見るのやめろ！」

「俺に信頼されないのはあなた自身のこれまでの行いのせいですよ。まあ、お目付け役には片時も離れるなと強く言ってありますので、大丈夫だとは思いますがね」

はたとそのことを思い出す。そういえば、昨日雪也は用心棒だなんだと言っていた。その話を詳しく聞かないままに情事に突入してしまったわけだが。

「そ、そのお目付け役って、誰なんだよ。あんたの部下？」

「正確には、龍二の部下です。そろそろ着く頃合いだと思うんですが」

へ？　と映が間の抜けた顔をするのと同時に、雪也のスマートフォンが鳴った。

「ああ、来たか。教えた部屋番号は覚えてるか？　押してくれ。まず最初の入り口を開けるから」

指示をすると、すぐにインターフォンが鳴る。この汐留のマンションも以前映がパトロンにあてがわれていたマンション同様、部屋に辿り着くまでに何度もインターフォンを鳴らして住人に鍵《かぎ》を開けてもらわなければ進めない造りになっている。

やって来る客人はエレベーターに乗るのに手間取ったらしく、やや時間がかかってようやくゴールのインターフォンを押した。

「えーっと……今来てるのって、そのお目付け役って奴なの」

「その通りです。実際映さんについてもらうのは明日俺と入れ替わりにですが、まず軽く挨拶《あいさつ》でもしてもらおうと思いまして」

やがて雪也が連れてきたのは、結構な強面《こわもて》の青年である。鋭い目つきとその物腰から、カタギではないことはありありと窺《うかが》い知れるものの、雪也の指示なのか、服装はいかにもヤクザなテカテカしたスーツやド派手なシャツというわけではなく、一般的な黒のダウンジャケットに白いカットソー、デニムといった出《い》で立《た》ちだ。

髪型も特別ド金髪だとかモヒカンだとかぶっ飛んでいるわけではなく、茶色い短髪をワックスで立てているくらいなので、その物騒な空気さえなければその辺にいそうなデカイ兄ちゃんという印象である。

そう、やはり目立つものといえばその長身である。隣に立つ雪也とほぼ同じくらいで、百六十そこそこしかない映よりも二十センチは上であり、なかなか鍛えられた分厚い体をしているので相当な迫力がある。

とはいえ、こういった手合いには慣れていることもあり、さほど脅威は感じない。ただ問題なのはその態度だ。

「こいつは三浦光《みうらこう》。先程も話しましたが、龍二直属の部下です」

「……どもッス」

ぶっきらぼうに頭を下げてくる青年は、どう見ても不承不承という感じで、嫌々来ているように見える。じろじろと不躾《ぶしつけ》な目で映を観察し、すぐに興味が失《う》せたというように横を向いてしまう。

極《きわ》めつけには、はあ～と露骨なため息までついて腕を組み、全身からこれでもかというほどのめんどくさいオーラを醸し出し始めた。

「あの……何かめっちゃ帰りたそうにしてるんだけど」

「ああ、まあ、無理やり頼んだ役割ですからね。ですが、彼は任務には忠実だと聞いていますので、心配しないでください。二十歳と若いですが真面目だそうなので」

「いや、心配っつーか……」

これからこの仏頂面《ぶっちょうづら》に四六時中張り付かれているのかと思うと、すでに気が重い。というか、この青年は映のことを何と聞かされてきているのだろうか。

何とも微妙な空気が流れているので、映も仕方なく自己紹介をする。

「ええと……俺は、夏川映です。一応、探偵をやってるんだけど……三浦、さんは、龍二さんの部下ってことでいいんですか」

「光でいいッス。誰も三浦とか呼ばねえんで」

あ、ハイ、と返事をするのにかぶせるように光は喋り始める。

「俺、本当は若頭の側にずっとついてるはずだったんスよ。今、マジで大変な状態なんで。だけど、龍一さんがアンタの護衛しろって言うから、こっち来たんス。若頭が龍一さんの言う通りにしろって言うから……若頭に命令されたことはやるッス。それだけッス」

「はあ……それは、どうも」

言いたいことはそれだけだというように、それっきりツンと目を逸《そ》らしてしまって露骨に会話を拒絶されている。視界にも入れたくないという意思表示が明確過ぎる。

（何だ、このよく訓練された忠犬みたいな奴は）

飼い主の命令は絶対だが、他の人間になど視線もくれてやらんという徹底具合。明らかに彼の中で映のヒエラルキーは最下層だ。というよりも、確実に嫌われている。まだ何もしていないというのに出会い頭から嫌われまくっている。

正直、これまで会ってきた相手に初めからこんな扱いを受けたことのなかった映は困惑した。胡散臭《うさんくさ》そうな目で見てくることはあっても、これほど路傍《ろぼう》の石を眺めるような、いや、葉っぱの上の虫がした排泄物《はいせつぶつ》を見るような目つきは経験したことがない。

しかももう話すことはないと判断したのか、勝手にスマートフォンをいじり始めている。

こんな男とこの先ずっと生活をともにしなければならないとは、先が思いやられる、というかもうすでに逃げ出したい。しかし雪也は光の態度などまったく意に介していない様子で話を続ける。

「まあ、こういうわけです。彼には映さんに言われたことは何でも手伝うようにも言ってありますので、ちょっと大きい猫型ロボットくらいに思ってください」

「いやいや、ちょっとどころじゃないし喩《たと》えおかしいだろ。つか、そんな何でもできるわけ？四次元ポケットレベルなわけ？」

「なかなか器用らしいですよ。家事は得意と聞いています。あと、もちろん腕も立ちますし。銃の扱いも上手いと評判ですよ」

「う……っ、ま、まさか持ってんのか」

「持ってますよ。護衛ですし。銃を持った相手に襲われたら丸腰じゃどうしようもないでしょう」

「そ、それはそうなんだけど……」

雪也に促されて、光はジャケットの裏から黒光りするものをチラリと見せる。

さすがに映はギョッとして息を呑むが、そういえば彼はヤクザであり、雪也もヤクザの息子だ。そんなものは嫌というほど目にしているだろうし今更違和感などないのだろうが、一応一般人の範疇《はんちゅう》である映にとっては、ドラマの中で刑事や犯人役が撃ち合う場面くらいでしか、そんなものは見たことがない。

もちろん国の許可など下りているはずもなく、紛《まが》うことなき銃刀法違反である。警察に見つかれば普通に逮捕だろう。しかしそんなまともな指摘をしたとしても無駄オブ無駄なのはわかっている。頼むからどうかそんな銃器を使う場面に出くわしませんようにと祈るしかない。

映と雪也がベラベラ喋っているのを横で聞いていた光は、痺れを切らしたように声を上げる。

「あのー、もういいスか。護衛って、明日からなんスよね」

「ええ、その通りです。今日は顔合わせということで。明日からよろしくお願いしますね」

「ッス」

雪也が光に部屋の合い鍵を渡し、その使い方を丁寧に説明してやると、光はいちいち「ッス」と頷きながら呑み込んでいる。そのうちこっちにまでその語尾が伝染《うつ》りそうである。

見たところ、雪也には一応敬意を払った態度を示しているが、どこか過剰な警戒感があり、まるで油断ならない敵と相対しているようにも思える。自分の兄貴分である龍二の双子の兄とはいえ、やはり長く組を離れていれば身内という気持ちもないのだろうか。

それを見極める十分な時間もないまま、光は呆気《あっけ》なくいなくなってしまった。悪い夢であって欲しいと願う程度には、いけ好かない男だ。美少年でもないし、態度も悪い。何よりあの人間以下を見るような目つきがとても気になる。

唐突な客人が帰っていった後、息の詰まるようだった空気が和らぎ、映はようやく呼吸が楽にできるような解放感を覚えた。思わずソファに倒れ込み、仰向《あおむ》けに大の字になって目を閉じる。

「あー……。なんか、しんどかった……」

「なかなか人に慣れない性格のようですからね。まあ、一緒にいるうちにどうにかなるでしょう」

「なるのか⁉　あの光って奴……なんつうか、俺、すごい見下されてるような気がしたんだけど」

「ああ、そうでしょうね」

雪也はアッサリと肯定する。

「彼はあなたを男娼《だんしょう》だと思っていますので」

「はあ……？　だ、男娼⁉」

とんでもない言葉に、映は驚いて飛び起きる。

「何でそうなってんの！　別にそれで商売してるわけじゃねえし！」

「龍二があなたを子猫ちゃんと呼んで執心していたのはもちろん知っていますし、俺の大事な人だとも言ってある。つまり、兄弟二人に可愛がられている存在だと捉《とら》えられているわけです」

「それで男娼かよ!?　っつうか、そんな風に思われてんならあんたが否定しろって！　失礼過ぎんだろうが！」

「ええ、したんですけれど、彼にとっては男を相手にする男という存在は、すべて男娼と変わりないという認識のようで、どうにもなりませんでした。というわけで、映さんを軽蔑《けいべつ》しています」

「というわけで、じゃねえよ！　どんだけひどい誤解だよ！」

それであのゴミを見るような目つきというわけか。なるほどとは思ったが、それで到底承服できるものではない。

「ち、ちょっと待て……男を相手にするってんなら、雪也と龍二さんは!?　何で俺だけそんな扱い!?」

「彼は、俺と龍二は女も相手にすると知っていますので。あと、彼にとっての龍二は絶対的存在らしいので、あいつがどんな言動をとろうが百パーセント彼はそれを肯定するでしょうね」

「え、じゃあ、もしかして、俺が龍二さんをたらし込んだってことになってんの？」

「遠からずそんな感じだと思います。光としては龍二を男を好きになる人間と思いたくないでしょうし、とすると悪いのは映さんということになりますから」

はあ～……と映は深いため息をつく。つきたくもなる。

力なく再びソファに倒れ込むと、それを慰めるように隣に雪也が座り、よしよしと頭を撫でてくる。そんな優しさよりも、もっと最初の段階で頑張って光の誤解を解いてほしかった。

「納得いかねえ……何で俺一人汚れ役になってんだ……」

「どうも昔、少年院で嫌なことがあったらしいですね。それで男同士ということに常人以上の嫌悪感を抱いているようですよ」

その台詞《せりふ》に、映はようやくピンと来た。

よく考えてみれば、それは雪也にしてみれば当然のことなのだ。これだけ嫉妬《しっと》深《ぶか》く、映の周りにいる男たちすべてを敵視するような独占欲の塊が、たとえ護衛にしろ、ただの男を映の側にいさせるわけがなかった。

「雪也……あんた、わざとあいつが俺を嫌うように仕向けただろ……」

「え？　どういうことですか」

わざとらしくキョトンとした表情をするその端整な顔をどついてやりたい。

「だーかーら！　俺と変な関係になんねえように、わざわざ男同士の話しやがったんだろ、って言ってんの！　あいつが俺に近づかないように！」

「いえ、だって、どういう関係かと聞かれたら、個人的に護衛まで頼むのですから、ただの友達だの知り合いだのと説明できないじゃないですか。だから、自分にとって大事な人なんだと伝えただけですよ」

「ぜって━━それだけじゃねえだろ！　もっと含みのある言い方しただろ！」

「そんなことはなかったと思いますけどねえ……」

映の追及に、白々しく困った顔をする目の前の男が憎たらしい。

確実に、万にひとつも過ちを犯さない相手を選んだのだ。雪也があの三浦光という男を用心棒に指名したからには、ちょっとやそっとのホモフォビアではない。恐らく、その少年院での過去に加えて、それなりの同性愛嫌いのエピソードがあるのだろう。そして、こいつなら大丈夫と白羽《しらは》の矢を立てたのである。

「最悪……これからずっとあんなその辺のクソ見るみてえな目で見下されなきゃなんねえのかよ……」

「ただの置物とでも思ってくださいよ。これも少しの間の辛抱ですから……、ね？」

聞き分けのない子どもを宥めるような雪也の調子にますます腹が立ってくる。何ともぬかりのないやり方に、却《かえ》ってこれは心配しなくても大丈夫なのでは、という妙な安心感が湧いてきた。

「約束しろよな……なるべく早く帰ってくるって」

「ええ、もちろんです。帰ってきますよ……映さんのために」

じゃあ、今夜もよろしくお願いしますね、と囁く絶倫男に、映はすべてを諦めたような顔でため息をついた。

白松家《しらまつけ》

翌日、雪也《ゆきや》は再び絞り尽くされて動けなくなった映《あきら》を甲斐甲斐《かいがい》しく世話した後、まず龍二《りゅうじ》の入院している病院へ向かった。

白松組の息のかかった病院だ。そうはいっても表向きにはごく普通の都内の総合病院なので、組の関係者が入る専用の出入り口があり、個室も一般の入院患者とは離れた場所に設定してある。いくら構成員がまともな格好をしていても、やはりその物腰で異質とわかってしまうためだ。

製薬会社を始めとしたいくつもの会社を経営している、いわゆる経済ヤクザである白松組は、様々な場所に一般の名前を借りて潜《ひそ》んでいる。世間ではまさかあの大企業がヤクザとは気づかぬほど浸透しているものも多い。

世の中はヤクザと言えば違法の薬の他、風俗店などをやって資金源にしているというイメージを持つのだろうが、それは裏のシノギであり、近頃ではほとんど一般企業と変わりない表の顔、つまりフロント企業を持って活動しているものが増えてきている。暴対法でこれまでの商売方法が難しくなったためだ。

入り口を見張っていた隙《すき》のない目つきの男たちは、雪也の顔を見てハッとした顔で頭を下げ、病室の引き戸を開いた。

「よう」

軽く声をかけ室内に入ると、絶対安静のはずの龍二は早くも女とイチャついていた。

雪也を見ると女は小さく声を上げ、慌てて身繕《みづくろ》いして逃げていったが、龍二の方は恬然《てんぜん》として悪びれた様子もない。雪也は思わず苦笑した。

「死にかけたって聞いてたのに、随分元気そうじゃねえか」

「それが怪我人《けがにん》を見舞う言葉かよ、兄貴ィ」

そう言われてみれば確かに怪我人である。まだ点滴にも繋《つな》がれているし当然肩には包帯が巻かれ、しばらくはろくに動くこともできないはずだ。

しかし顔色もよく口ぶりもいつもと変わりない。あともう少しで死ぬような目にあった男とは到底思えぬ姿に、雪也は呆《あき》れながらも、やはり内心ひどく安堵《あんど》する。

「具合はよくなったのか」

「まだイテェよ、当たり前だろ。数日前に鉛玉貫通してんだぞ。バケモンじゃあるまいし、ンなすぐ治るかっつうの」

と言いつつ、女を呼び出す気力はあるようだ。人間死を目の前にすると子孫を残したい本能のあまり性欲が増すというが本当なのだろうか。この男の場合はそんな非常時以外でも常に性欲過剰なのだろうが。

雪也は近くの椅子《いす》を引き寄せ、ベッドの傍《かたわ》らに腰を落ち着ける。軽く室内を見回し、異質な点がないことを確かめ、それでも心持ち低い声で話し始める。

「内通者、見当はついてんのか」

「まだだ。サッパリわかんねえ」

「本当に組内にいるのか。裏切り者は」

「ああ……十中八九」

にやけた龍二の顔も次第に引き締まる。陰鬱《いんうつ》な怒りがその表情に浮かび、深い憤《いきどお》りが腹の底にふつふつと沸いているのがわかる。

「情報漏らした奴《やつ》がいなきゃ不可能な状況だった。確実に、ユダがいる」

「あの日あの時間、お前が行く場所を知ってたってことだもんな……」

犯人はその日に龍二が訪れた料亭の庭先に潜んでいた。龍二がそこへ行くといつも必ず案内される部屋、座る位置、そこを狙《ねら》いやすい茂みの陰など、事前に情報を手に入れていなければ不可能な犯行だ。そして、犯行後あっさりと逃げおおせた。誰かの手引きがあったとしか思えない。

表向きは黒竹会《くろたけかい》と白松組のあわや抗争かといった緊張状態だが、それよりも厄介《やっかい》なのは身内に内通者がいるという事実だ。映にはすぐに帰ると言ったが、もしかすると長引く可能性もある。裏切り者を見つけ出すまで、雪也はこの問題から離れることができない。

「お前を撃った黒竹の奴、顔知ってたか」

「知らねえ。見たこともねえ。っつか、現場じゃ真っ暗で何も見えなかったからな。ニュースで初めて見たけどよ、サッパリ記憶にねえわ。俺らと大体タメくせえから、もしかすると昔ぶちのめした相手とかかもしんねえけどな。そんなもんいちいち覚えちゃいねえし」

「一発撃ってビビってトンズラしたってのは、少なくともさほど経験豊富なヒットマンってわけじゃなさそうだな……と言っても、お前が今生きてるのは悪運の強さの賜物《たまもの》だ。神様に感謝しろよ」

「今更信じるカミもホトケもねえし。俺ァ運で助かったんじゃねえよ。一瞬庭の暗闇《くらやみ》で光るモンが見えたんだ。石灯籠《いしどうろう》が室内灯を反射したにしちゃ妙な光り方だった。反射的に屈《かが》もうとして、ここに当たったんだよ」

包帯の巻かれた左肩を指で指し示す。付近には鎖骨下動脈《さこつかどうみゃく》などの太い血管があり、傷つけば生命をも失いかねない。そしてそのすぐ下には、心臓があるのだ。

（龍二が、殺されかけた……しかも、内通者の手引きで）

もしも暗殺が成功していたらと思うと、ゾッとする。

いがみ合っていても、一卵性の双子である。自分の半身だ。それが消えてなくなってしまうなど、想像もつかなかった。そんなことを考えるだけで、手足の先が氷のように冷たくなる。本能的な恐怖に、感情云々《うんぬん》ではなく、肉体が戦慄《せんりつ》する。

「裏切りそうな奴に心当たりは」

「あったら苦労してねえよ」

龍二は自棄《やけ》になったようなため息をつく。

「お前にも前に連絡しただろ。黒竹会の会長が死にそうだって」

「ああ……武闘派の倅《せがれ》が何か一悶着《ひともんちゃく》起こしそうな話か」

「黒竹の長男、覚えてるか。類《るい》の野郎だ。だけどまさかあの単細胞が事前に情報調べて鉄砲玉で殺《や》りに来たりするか？」

「類か……確かに、想像はしにくいが……」

黒竹会とは年がら年中いがみ合っているわけではない。互いの顔くらいは知っている。中でも、雪也兄弟と年齢の近い黒竹類は、お互い空手を習っていたこともあり、大会などで会う機会もあった。

類は雪也たちの二つ上の三十六歳。母親がアメリカ人と日本人のハーフで類はクウォーターだが、祖父のアフリカ系アメリカ人の血が色濃く出て、褐色の肌に筋肉質の肉体を持っていた。

その強烈な鋭い目つきは強く印象に残っている。まるで野生の獣のような男だった。武闘派で凶暴な性格ではあるが、あまり小細工《こざいく》は得意でないタイプに思える。

「だからわかんねえんだ。内通者がいたとして、一体そいつが繋がってたのは黒竹の誰なのか、ってな。そもそも、そいつが俺らを裏切る理由は何なのか」

「お前、子分のどいつかに理不尽な真似《まね》でもしたんじゃねえの」

「殺されるほどのこたぁしてねえよ。俺だっていつまでもガキじゃねえんだ……渋谷でお前と暴れまわってた頃みてぇにさ」

龍二の言葉に、一瞬、懐かしい血や汗や埃《ほこり》のにおいが鼻先に漂う。

悪魔の双子と呼ばれていた日々。身の内に籠《こ》もる衝動を発散させるようにケンカに明け暮れていた、悪ガキそのものだった時代。

(忘れもしねぇ……俺が馬鹿《ばか》だったせいで……あいつは……)

龍一《りゅういち》、と呼ぶ弟の声が雪也を現実へ引き戻す。

そうだ。今は、昔の感傷に浸っている場合ではない。

「お前なら、何されたら殺したいほど恨むと思う?」

「さぁな……誰が何を恨みに思うかなんて、わかんねえもんだぜ。親切でしてやったことだって、却《かえ》って死ぬほど憎悪する奴だっているんだからな」

「確かに」

龍二は大きな声で笑いかけて、わずかに顔をしかめて舌打ちをする。

平気な顔をしていても大怪我をしたのだ。喋《しゃべ》っているだけでも傷に響くだろう。

「まあ……、とにかく、俺は怨恨《えんこん》より利害関係じゃねえかと思うんだが……わかんねえな。困ったもんだ」

「現時点じゃお手上げってことか」

「言いたかねえが、そういうことだ。詳しくは親父《おやじ》に聞け」

確かにすぐ解決しそうな案件ならば、雪也がわざわざ戻されたりはしない。

現跡継ぎ筆頭候補の若頭である龍二が撃たれた緊急事態ということもあるが、雪也が戻るよう組長に言われたのは、この現状の解決に力を貸して欲しいという要望からだった。

初めは「お前にも危険が及ぶかもしれない」という口上だったが、それも嘘《うそ》ではないものの、協力要請の部分が大きい。

（俺に家に戻って欲しいって話なら、絶対帰ってこなかった……親父はそれもわかってて、絶対に家業を継げとは言わない）

正直なところ、雪也が家を出た理由をどの程度まで父親が理解しているのかはわからない。雪也は詳細を語らなかったし、父も聞かなかった。それでも二つ返事で承諾したのだから、前々からその気配は感じ取っていたのだろう。

「なあ。ところで、光《こう》の奴、大丈夫か」

ふいに龍二は話題を変える。昨日映に紹介した用心棒、三浦《みうら》光の話だ。

ニヤニヤと人の悪い笑みを浮かべていることから、光と映の間のおおよそのことは察しているのだろう。

「子猫ちゃんの護衛につけることにしたんだろ」

「ああ……光は相当嫌がってたけどな。お前の命令だからって渋々従ってる」

「まあ、ああ見えてかなり真面目《まじめ》な奴だから安心していいぜ。言いつけには絶対背かねえし、馬鹿だが義理人情に厚い。一度引き受けた仕事は必ずやり遂げる男だ」

「それなら助かるけどよ……あいつのホモ嫌いも大概だな。年少以外に何かあったか」

「知らねえ。まああそこでホモセックスの味覚えて出てくる奴も多いからな……あいつ女よりそっち方面にモテるらしいし、そういう事情じゃねえの」

雪也はゲイではないので、どういう種類の男が男に好かれるのかわからない。ただ、龍二はいわゆる任侠《にんきょう》の「男が男に惚《ほ》れる」という意味で同性の好意を集めることが多い。光もそれで龍二に心酔しているのだろう。

粗野で無鉄砲に見えて、かなり情に厚い性格なので、一度縁が繋がった相手を見捨てることは決してない。その点雪也の方が冷淡で、理詰めでものを考えることが多く、双子とはいえ周りにいる人間の種類は少し違っていたように思う。

(やっぱり、龍二の言う通り、恨みよりは利害関係かもな……組の中には龍二が次期組長になるのをよく思わない連中もいるのかもしれない。表立った大きな派閥争いは存在しないが……)

まず、組の現状を把握してから調査に乗り出すことになる。家を出てもう十年以上が経《た》つ。昔とは事情も大きく違うだろう。幹部や構成員たちに話を聴き、関係性を探るところから始めなければと考える。

やっていることが映と一緒にこなしていた探偵業と皮肉にも似通っていることに気づき、雪也はふと苦笑した。

光にはこれから実家に戻った後に汐留《しおどめ》のマンションに向かうよう指示をするつもりだ。恐らく映はまだ寝ているだろうし、今日一日はまともに起き上がれもしないだろう。光は家事ができると聞いているので、身の回りの世話も含めて映の面倒を見てもらうつもりである。

(昨夜はちょっとやり過ぎたかな……)

少し後悔しないでもない。しかし、やり過ぎるくらいしておかなければ、あの淫乱《いんらん》な獣はすぐにでも男を漁《あさ》りに盛り場へ出向いてしまうような気がしたのだ。

ここのところ大人しくしてはいるが、またいつ浮気の虫が騒ぎ出すかわかったものではない。そういう意味では、雪也の映に対する信頼度はゼロである。

龍二と簡単な事件の経緯などを確認し合っていると、扉がノックされ、一人の男が入ってきた。

その顔を見て、雪也は思わず破顔して腰を浮かせる。

「おう、良輔《りょうすけ》じゃねえか」

「龍一、もう来てたか」

グレーのスーツを着て黒髪の短髪を無造作《むぞうさ》に流した、がっしりした体格の男は、雪也に向かって懐かしそうに微笑《ほほえ》んだ。

大きな丸顔とボタンのような小さなつぶらな瞳《ひとみ》が、男を実年齢よりも若く見せる。相変わらず人のいい笑顔は体育会系の営業マンといった印象で、ヤクザというには温厚過ぎる雰囲気だ。

男の名は西原《さいばら》良輔。現在は白松組若頭補佐という立場にあり、龍二の腹心である。

親は極道ではなかったが、組長が贔屓《ひいき》にしている料理屋を営んでおり、四つ歳下《としした》の白松兄弟とは幼馴染《おさななじ》みのようにして育った。

「随分久しぶりだなあ。最後に会ったのいつだ」

「忘れた。お前が出ていってから滅多《めった》に会わなくなったもんな。元気だったか」

思わず表情を緩ませる二人に、龍二はつまらなそうに茶々を入れる。

「おい、良輔。組捨てた薄情者と仲よくすんじゃねえぞ」

「お前だってしょっちゅう龍一に会いに行ってるだろうが」

「会いに行ってんじゃねえ、あれは偵察だ」

わけのわからない言い訳に良輔は肩をすくめる。

兄弟盃《きょうだいさかずき》を交わした龍二とは上下関係があり、他の子分らの前では敬語になるが、二人のときには基本的に昔通りの言葉遣いになるようだ。

「さて、長話は怪我に障《さわ》る。とにかく、詳細は移動しながら話そう」

「何だよ、別にどうってことねえのに……」

雪也を促す良輔に、龍二は不満げな声を上げる。

元気な怪我人を振り返り、兄は不敵に微笑んだ。

「若頭には早く治して復帰してもらわねえとな。心配すんな。俺が必ず炙《あぶ》り出《だ》してやる」

龍二は少し目を丸くして雪也を見つめ、横を向いてふっと小さく微笑んだ。

「ふん……。せいぜい期待してるぜ。名探偵の助手君よ」

＊＊＊

黒いアルファードに乗り込むと、待機していた運転手が早速車を発進させる。

「今どうなってる。組の状況は」

「緊急時だからな。組員の携帯やらパソコンやら、黒竹の奴らと不審なやり取りがないか調べさせてる。しょうもねえチンケな悪事が出ることはあっても、今回手引きした奴はまだ見つからねえよ」

「参ったな……どっから筒抜けになってやがる」

「そのためもあって組長はお前を呼び寄せたんだろう。長い間組織を離れていた人間の方が、内部がよく見えることもある」

良輔は冷静だ。常に龍二の抑え役を担《にな》っているだけあり、いつも周りを観察し客観的に物事を判断することに長《た》けている。頭がよく回り、咄嗟《とっさ》の判断も上手《うま》い。昔からそうだった。今の地位にあるのはそういった部分も評価されているのだろう。

「良輔。今回の件、お前はどう思う」

「個人的な意見か？」

「ああ、そうだ」

良輔は小さな目でまっすぐに前を見据え、唸《うな》った。

「何とも言えねえな。今うちは内部にデカイ問題を抱えているわけじゃなかった。ただ、お前も聞いてると思うが、黒竹会の方で一悶着ありそうな気配はあった。黒竹の鉄砲玉だが、あの程度のヒットマンを寄越すってことは、目的は龍二を殺すことじゃなかったのかもしれねえ」

「……あいつの権威を削《そ》ぐためか」

「可能性としては、ある。黒竹会の代替わりが来そうなタイミングで、白松次期組長筆頭候補の求心力を弱める……殺せればラッキー、怪我でもさせれば上々。そのくらいの計画だったんじゃねえか」

確かに、確実に命を奪おうとするならば、一発で終わらせるはずはなかった。それで凄腕《すごうで》のヒットマンではないと踏んでいたのだ。しかし、何度も撃たなかったのは男の腕の稚拙《ちせつ》さではなく、最初からそういう風にしろと命じられていたのだろうか。

「内通者がいることはもう組の中でも話題になってる。戦争だって今にも黒竹会に殴り込みそうだった連中が顔色変えてな。皆口には出さねえが動揺してるよ」

「そういう混乱を起こしたかった奴がいるってことだな」

「ああ……。組長でなく若頭を狙ったってことは、やっぱり跡目に関する企《たくら》みだと、今の時点では考えてる」

「その線が濃厚だろうな」

そこまでして、龍二に継がせたくない人物が内部にいる。その事実は、雪也にとって想像の範疇《はんちゅう》ではあったものの、衝撃的だった。

（大体の奴らがあいつを次期組長として認めているんだと思っていた……不満があるとしても
それほど大きくはないだろうと……だが、実情はもっと複雑だったのか？）

ヤクザ稼業を厭《いと》うて実家を出たものの、潰《つぶ》れて欲しいというわけではない。自分には不向きな場所だと悟っただけだ。

一方、弟の龍二はまさしく白松組を支える存在としては最適だと思えた。馬鹿で喧嘩《けんか》っ早《ぱや》いがヤクザな男たちに対する求心力がある。組長になるために生まれたような男だ。だからこそ、弟に跡目を譲るために、独り立ちすることを選んだのだ。

車はすぐに麻布《あざぶ》の白松家へ到着する。

久しぶりにこの屋敷《やしき》の前に立ったように思うが、相変わらず閑静な住宅街の中に突如要塞《ようさい》のような高い壁に囲まれた空間が現れるのは、何とも強烈な違和感を覚える。

中に入ると、厳戒態勢でピリピリした空気を肌で感じた。出迎えた皆は揃《そろ》って殺気立っていたが、雪也を見て、どういうわけか極端に安堵の表情を浮かべるのが、彼らの怒りと不安を表しているようだ。

中には、雪也の顔を見て「若頭」と叫びかけ、兄貴分に頭を小突かれた若い者もいた。雪也が家を出た後に入ってきたのだろう。双子がいると聞いてはいても、この状況で実際若頭と同じ顔を目の当《ま》たりにして、間違えてしまうのも仕方がないと苦笑する。

出迎えの顔の中に、三浦光がいた。

雪也は光に向かって頷《うなず》いてみせる。光は目で了承して、すぐに屋敷を出ていった。その横顔に隠しようのない倦怠感《けんたいかん》を見たが、その程度のやる気の方が映のフェロモンに当てられずに済むだろう。真面目という龍二の言を信じて、任せることにする。

雪也はそのまま、まっすぐに奥座敷《おくざしき》にいる父親の許《もと》へ向かった。

こんな状況なので体調でも崩していないか心配していたが、組員が襖《ふすま》を開けると、そこにはいつも通り、骨董品《こっとうひん》を並べて矯《た》めつ眇《すが》めつ鑑賞したり大切そうに磨いたりと、あまりにもかつての日常と変わらない父の姿があった。

「ただいま」

「おう……待ってたぞ」

現白松組組長である父親はゆっくりと長男に向き直り、目の前に座るようにと自《みずか》ら座布団を引っ張ってきて雪也に顎《あご》をしゃくる。

父親の龍郎《たつろう》は老けない。とうに還暦は超えているのに、まだ四十そこそこにしか見えないのだ。母親も若く見えるが、父親のこの若さは異常の域かもしれない。何より、まったく髪が薄くならず、そして白髪が一本もないのである。顔にはさすがに多少の皺《しわ》が刻まれているものの、この黒々とした頭髪が、この父の年齢をよくわからないものにしていた。

年齢詐欺《さぎ》といえば映だが、我が父ながら、こちらもなかなかどうして、妖怪《ようかい》めいている。

「龍二に会ってきた」

「元気だったか」

「女とイチャついてやがった。呆れたよ」

い。

「ま、そうだろ。仕方ねえ奴だな」

組長は笑っている。あいつが大人しく入院しているはずがない、と予想はついていたらし

い。

「母さんは」

「入れ違いに病院だ。恐ろしいにおいのスープ作ってたからな……龍二の怪我が悪化しなきゃいいんだが」

雪也たちの母親は料理の腕が壊滅的なことで有名である。彼女が台所に立つと異臭がするのですぐにわかるのだ。

どうか病院のスタッフが母を制止してくれることを望みつつ、雪也は弟に深く同情した。実は雪也の料理の腕がいいのも、母親の恐ろしい創作物を食べたくないがために、早くから自炊をしていた経緯があるからなのだ。

「黒竹の様子は」

「だいぶぶつかってるらしいな。うちのを撃ったことを賛美する連中と、入院中の穏健派の組長側の連中が揉《も》めに揉めてるようだ」

「揉めてる……？　会の総意じゃなかったってことか」

「どうもそうらしい。よく話が見えねえな。何でも、あっちの若頭は、うちのを撃った鉄砲玉はろくに顔も知らねえらしい。ハメられたと喚《わめ》いてるそうだ」

黒竹会の若頭は類だ。やはり、黒幕は別の人物なのか。

「まさか、黒竹会とは別のところで、何か動いてやがるのか」

「む……、どうだかな。ただちに報復に出たいと若いもんは騒いでやがるが、もしもどこかからの別の意図で今回のことが起きたんなら、事を起こすのは早計だ」

血気盛んな者たちは、さすがに若頭を狙撃《そげき》されて大人しくしてはいられない。そこを抑えるのもひと苦労だろう。しかも、内通者も探し出さなければならない。そして今は何の手がかりもないのである。

「ってことでな、急遽《きゅうきょ》、向こうと話し合いの場を持つことになった。あちらさんが希望してな。いきなりで悪いが、今夜だ。うちに来るそうだ」

「報復される前に動いたか。立会人は？」

「赤池組《あかいけぐみ》の頭だ。黒竹側が連れてくるらしい。だが、まだ手打ちの段階じゃねえぞ。うちはやられっ放しだ。落とし前つけさせてもらってからじゃねえとな」

若頭に怪我を負わされた相応のリスクを相手にも負わせる。そうしなければ組の面子《メンツ》が立たない。終わらせようとしても、双方痛み分けというところに至らなければ、終わらないのがこの界隈《かいわい》のルールだ。だが、交渉次第ではその状況も変わってくる。

「お前、出てくれるな？　龍一」

「ああ……類とは面識もある。俺は、部外者に近い立場だが……」

「誰もそう思っちゃいねえよ。まあ、その場にいるだけでいい。正確には……うちの方の連中の反応を見てくれ」

組長の意図が摑《つか》めた。つまり、黒竹会と接触した際、不自然な動きをする身内がいないかを観察してくれと言っているのだ。

「誰が同席するんだ」

「若頭補佐か、もしくは本部長だ。それといざというときのために、腕の立つ奴もいねえとな。ありゃ猛獣だ」

「キレる癖、直ってねえか……」

黒竹類はとにかく気が短い。意に添わないことがあればすぐに暴れ出す。

本人の気質もあるだろうが、会長の愛人の子どもとして生まれたことも一因かもしれない。幼少期は特に不遇な環境だったと聞いている。本妻の子どもたちが皆それぞれの理由で跡を継げないとわかってから、本家に受け入れられたような形である。

本来、ヤクザの跡継ぎというものは必ずしも実子が選ばれるものではない。親分子分、兄弟など疑似血縁関係を盃で結び、本当の血の繫がりがなくとも、その強固な連帯感で組織を動かしていく団体なのだ。

類が黒竹家に入ったのは、自らの強い意志だろう。ヤクザの愛人の子として日陰者だった自分を、かつての類は激しく嫌悪していた。ヤクザという存在自体世間の陰に潜むものだが、類の中では、自分の価値を認めてくれる唯一の居場所と映っていたのかもしれない。

とにかく、実家に戻ってきて早速の大一番だ。

話し合いの場に直接いる面子は限られているが、類がやって来ることで後ろ暗いところのある人物は顔色が多少変わるかもしれない。

もちろん、類と直接繋がりがあるわけではなく、黒竹会の他の誰か、もしくは別の存在と結託している可能性も高いので、何の変化もない場合もある。それでも、目を光らせ、隈《くま》なく観察していくしかなかった。

「親父は、出ねえのか」

「ああ。あちらさんも若頭だからな。俺が出ていくまでもねえだろう。後のことは本部長と話し合ってくれ」

「本部長……日永《ひなが》さんか」

「そうだ。その辺で待ってるはずだ」

組長との話を終えて座敷を出る。短い話し合いに警護の男たちは少し戸惑った顔をしている。

確かに父親と直接顔を合わせるのは実に久しぶりだし、積もる話も当然あるが、そういうものはすべてが解決した後だろう。

件《くだん》の人物を探していると、廊下の奥からこちらにゆっくりと歩いてくるのが見えた。その懐かしいシルエットに思わず目を細める。

「日永さん」

「龍一……しばらくぶりだな」

日永亘《わたる》。白松組本部長。四十二歳。

黒髪を後ろに撫《な》でつけた端整といっていい顔立ちの中肉中背の男で、物腰が柔らかく、常に手入れの行き届いた上等のスーツと洒落《しゃれ》たネクタイを締めている。外では綺麗《きれい》に磨かれたイタリア製の革靴を履くのが常で、身だしなみにはかなりのこだわりがある男だ。

芸術家肌で文学、美術に造詣《ぞうけい》が深く、人柄は温厚で皆の人望も厚いが、日永には悲劇的な過去がある。父親がかつて組長の腹心で、ひときわ大きな抗争の際に組長を庇《かば》って死亡したのだ。

その死が落とした影は日永を常に覆い、ある種の虚無感が彼の表情の上を漂っている。

(懐かしいな……日永さん。この人も、ちっとも昔と変わっちゃいない)

雪也は、幼い頃から組の中で最も日永に懐いていた。家を出ることになったのも、もしかすると彼の影響を深く受けていたからなのかもしれない。

やるせないヤクザの一面を少年期に味わわされた日永は、ときに組に対する否定的な言葉を口にすることがあった。しかし、それは龍二と一緒のときではなく、雪也と二人きりの折にだけだったように思う。雪也自身もよくわかっていなかった己《おのれ》のある種の繊細さを、日永は早くから見抜いていたのだろうか。

「今夜の話し合い、日永さんが出るのか」

「ああ……西原とそのことを話してきたが、今回は西原だ」

「二人ともってことはないんだな」

「あまり黒竹会の若頭にプレッシャーを与えたくない。何しろ凶暴な相手だ。ああいう手合いは西原の方が得意だろうし」

「そうだな……」

「変わりないか、龍一」

温かなようで、どこか読めない感情を含んだ眼差《まなざ》し。身長はずっと自分の方が高く育っているはずなのに、未《いま》だに日永には見下ろされているような感覚がある。

「ああ、元気だよ。日永さんは」

「俺も、相変わらずだ」

日永は目を眇めて笑う。

「本当に、何にも変化がないな……お前がいた頃と同じだ」

それが肯定的な言葉なのか、否定的な言葉なのか、雪也にはわからない。長い間過ごしてきて、こんなにも心の中の読めない相手は日永だけだ。

もちろん、そういう意味では映にも摑めない部分はあるが、それは明確な壁があることを感じているだけマシで、日永の場合はすべてにおいて把握できない。

昔はそのことに焦《じ》れったさを覚えたこともあったが、いつからか考えることをやめた。彼の口にする言葉をそのまま受け止めようと決めたのだ。

「外の世界は、お前に合うか」

「……多分ね。ここよりは」

「それなら、いい。お前は自分で自分の居場所を見つけた。大したもんだよ」

その言い草に、かつてここを出ようとしていたとき、日永が自分の背中を押してくれたことを思い出す。

（この人は、唯一の俺の理解者だった気がする。彼は俺と似ているんだろうか。彼も、ここから出ていきたいんだろうか）

日永の内心を慮《おもんぱか》るのはやめたはずなのに、久しぶりに会ったためか、やはりその心情を探りたくなっている。

映にしろ日永にしろ、雪也は自分が好意を覚えている相手のすべてを理解したい、把握したいと熱望してしまう。本当は誰の心も完璧《かんぺき》になどわかるはずがないのに、それを摑もうとして足掻《あが》いてしまう。

大人のふりをしていても、未だ自分と他人の差別化ができていない子どもと変わりない、と自嘲《じちょう》する。興味のない相手ならば冷酷なほど無関心でいられるのに、数少ない愛する人間に対してそうはいかない。

双子の龍二を凶暴、短気などと評していても、本当は自分が弟よりも極端で執拗《しつよう》な気性であることを知っている。大切なものを奪われてしまえば、どんな利害があったとしても、復讐《ふくしゅう》を遂げるまで終わらない鬼になってしまうことも。

＊＊＊

久しぶりに味わう一触即発の空気。

白松家にやって来た黒竹類は、記憶の中の類よりも更に大きく、更に凶暴に見えた。相変わらず巨大で獰猛な筋肉質の体だ。癖っ毛の黒髪を引っ詰めて後ろで結び、背中に垂らしている。この体格に合うものを作るのはさぞ大変だったろうと思うような臙脂色《えんじいろ》のジャケットを羽織《はお》り、襟ぐりの大きく開いた黒いカットソーの下からは分厚い胸筋が盛り上がっている。首を飾る金のネックレスは褐色の肌に誂《あつら》えたようによく似合っていた。

「おう……兄貴の方じゃねえか。お前、家おん出たんじゃなかったのかよ」

類は座敷の奥に雪也を認めて目を丸くした後、分厚い唇を歪《ゆが》めて嘲《あざけ》るような顔をする。雪也は表情を動かさず気のない目で黒竹の若頭を眺めた。

「まあ、緊急事態だからな。一時的に戻ってきた」

「へえ……そりゃ、ご苦労なこった。そこまで人員不足なんかねえ、こちらさんは」

類は立会人の赤池組組長を連れて、他には誰も伴わずにやって来た。

「そっちは一人なのか」

「もう一人来る予定だったが、遅れてる。まあ、いなくても問題ねえ」

そうすると黒竹会側は類一人で、こちらは良輔と雪也、用心棒と三人で釣り合わない。だが、そんなことはものともしない気迫があった。話し合いをしに来たというよりも、まるで最初から戦争を始めるような空気をその巨体から醸している。

早速赤池組組長を間に挟んで対峙《たいじ》する形で向き合う。組長は、自分は話し合いを見届ける立場であり、基本的に口を挟まないこと、どんな形であれ双方が出した結論を尊重することを話し、会合が始まった。

　最初に口を開いたのは類である。

「まず、最初に言っておく。あれぁ、黒竹会の人間じゃねえ」

「おいおい……何言ってやがる」

　良輔は半分笑いながら鋭い目で類を見据える。

「誰がそんなもん信じる。ニュースにだってばっちり出てたじゃねえかよ」

「さあなあ。その辺のチンピラが黒竹会を勝手に名乗っただけだ。盃も交わしてねえ。こっちは少しも与《あずか》り知《し》らねえこった。迷惑してんのは俺の方なんだよ」

「その辺のチンピラじゃ手に入るはずのない情報を持っていた。こっちの誰かと内通して計画してやがったんだ。そいつが、自分は黒竹会だと名乗ってる。それが、まったくそっちに関係ねえって言うのか」

　類は大きく舌打ちし、ギロリと良輔を睨《にら》みつけた。

「そうだ。当たり前だろうが。その他に何がある」

「こっちは若頭が撃たれてんだぞ。ハイそうですかと納得するわけねえだろうが」

「証拠は。うちの者とそっちの奴が通じてたって証拠はあるのかよ」

「状況証拠ってやつなら山ほどあるぜ。いちいち話さなくてもわかんだろうが」

「俺が言いてえのは、これは俺を陥れたい誰かが仕組んだことだって話だ」

類は身を乗り出して捲《まく》し立《た》てる。

「黒竹の内部かもしれねえし、そうじゃねえかもしれねえ。とにかくこんなことで抗争だ何だって言われるのは困るんだよ。親父が死にそうな時期に、俺がこんなことするかってんだ」

類の主張は、一応筋は通っている。現在ほぼ寝たきりの病人である現組長は穏健派で、就任以来一度も大きな争いを起こしたことがなかった。そうなる前にすべて交渉で解決してきたからだ。

しかし、跡目を継ぐ予定の類は見た目と同じ武闘派で、常々父親である組長とは意見を対立させてきたようだ。そして、黒竹会の内部も真っ二つに割れているらしい。ただ、若く勢いのある面々は軒並み類側についていることから、新しい時代が来れば、恐らく黒竹会はこれまでの性格とはガラリと変わるだろうと言われている。

しかし、まだ現組長は生きている。類が確実に次期組長と決まったわけではない。ひっくり返る可能性もある。現に、別の誰かを候補に立てようという動きもあるだろう。

そんな微妙な時期に、この騒ぎを起こして類の得になるはずがなかった。無論、クーデターのように力ずくで組織のトップに立とうとして計画した場合も考えられるが、それがなぜ白松組の若頭を狙うことに繋がるのか。類を黒幕とするには、不可解な点が多いのである。

「こっちは黒竹の内部の話はわからねえ。わかってんのは、うちの若頭が黒竹会を名乗る奴に撃たれたってことだけだ」

「じゃあこっちが聞くが、もし見も知らねえどっかの馬鹿が、『俺は白松組のもんだ』と主張して他の組の奴をぶっ殺したらどうする。お前ら、責任とれんのか。ああ?」

良輔は雪也に目配せをした。雪也も視線で頷く。

(頭使ってやがる。ブチ切れるばっかりだった昔とは違って、成長してんじゃねえか)

ここでこちらが立会人の前で「責任をとれない」などと答えてしまえば、たちまちこの件はおしまいになってしまう。つまり、こちらが黒竹会の主張を認めたことになるからだ。

ヤクザの交渉事は言ってしまえば揚げ足の取り合いである。相手の少しの失言も見逃さず、そこを突いていけばどんな不利な状況でも逆転できる可能性があるのだ。

良輔は慎重に言葉を選ぶ。

「今は黒竹会の鉄砲玉の話をしてんだ。お前らの事情は知らねえ。とにかく、大事な若頭に怪我させた落とし前をつけろって言ってんだよ」

「だから、うちの奴じゃねえって……」

「その証拠は持ってきたのか。まさか、口だけでこっちが納得すると思ってねえだろうな」

「だから……こっちにゃ関係ねえって言ってんだろうが!!」

突如、類が吠《ほ》えた。

少し腰を浮かせただけで凄《すさ》まじい殺気が放たれ、ただでさえ大きな体がますます巨大に膨らんだように錯覚する。

尋常でない圧に用心棒の男が反射的に動いた。良輔と雪也の前に飛び出した瞬間、類は獣のような敏《びん》捷《しょう》さで男を拳《こぶし》で薙《な》ぎ払《はら》った。

「類!!」

雪也が一喝する。一瞬、類の動きが止まった。

二人の男が睨み合う。餓狼《がろう》のような凄まじい圧に、ビリビリと皮膚が痺《しび》れるのを感じながら、雪也は微動だにせず睨み続けた。

そのとき、小走りに近づいてくる軽い足音が聞こえる。

サッと襖が開き、顔を覗《のぞ》かせた人物は、座敷の有り様を見て目を丸くした。

「何やってんだ、兄さん」

細い声だ。しかし、水を打ったような静けさのこの空間ではよく通る。

その声を聞いた瞬間、類の全身を覆っていた殺気が、嘘のように消えた。

「……別に」

「別に、じゃないだろ。あの倒れてる人、兄さんがやったんだろう」

類はどっかりと座り直し、ふてくされたようにうつむいてしまって、答えない。

細身の男はそんな類の態度には慣れているらしく、小さくため息をついて、その傍らにすとんと正座し、雪也たちに頭を下げた。

「すみません、あの、遅れてしまって……急患が入ったものですから」

「あの……あなたは」

あ、と初めて気づいたように、男は苦笑して自らの顔を撫でた。ずれた眼鏡《めがね》を直しつつ、再度ぺこりと頭を下げる。

「ご挨拶《あいさつ》が前後しまして……あの、初めまして。黒竹真《まこと》といいます。類の弟です」

「弟……」

思わず反芻《はんすう》してしまうほど、似ていない。少しでも似ている部分を見つける方がすこぶる難しい。兄さんと呼んでいるのだからそうなのだろうが、頭が追いつかない。

真の身長は百七十ほどだろうか。類が少し叩《たた》くだけで即死を通り越して出棺しそうなほど貧弱で、どこか具合でも悪いのかと思うほど顔が青白い。紺色のスーツの下には何も入っていないのではないかと疑うほど骨格も細く、これがこの獰猛《どうもう》な男の血縁者だとはにわかに信じられなかった。

「兄さん、大丈夫か。落ち着いたか」

兄の傍らに座り声をかけるが、類は血走った目をしたまま黙り込んでいる。

すぐにダメだと判断したらしい真は、青白い顔を上げて申し訳なさそうに良輔と雪也を見た。

「すみません。今回はこれで切り上げさせていただけますか。もう、話し合いもままならないと思いますので」

「ああ……そうしましょう。また厄介なことになっても困りますから」

「はい、本当に申し訳ありません。また日を改めさせていただきます」

真はペコペコと頭を下げ、ほら、と類を促して立ち上がらせ、その大きな背中に小さな手を添えて部屋を出ていく。

赤池組組長も、突然の話し合いの終了にぽかんとしていて、黒竹兄弟が出ていってしばらくした後、ようやく自分の役目がもうないことにはたと気づいて、挨拶をして帰っていった。

役者が皆いなくなった後も、しばらく雪也たちは呆然《ぼうぜん》としてしまい、動くことすらできなかった。

「……まるで、猛獣と猛獣使いだったな」

思わず雪也が呟《つぶや》くと、良輔は真顔で「それだ」と頷いた。

「あんな弟がいるって、知ってたか?」

「いや……そりゃ、話には聞いてたけどな。あれは本妻の三男だろう。確か医者をやってる。他の息子たちはヤクザが嫌で他の仕事に就《つ》いたが、あの三男は喘息持《ぜんそくも》ちだか何だかで、跡目を継ぐって話にはならなかった」

「それじゃ、類とは腹違いか……。といっても、あの筋肉バカの弟が、まさかの医者とはな」

「体が弱くても頭はいいんだろう。黒竹会お抱えの病院に勤務してるらしい。構成員の治療も引き受けてる息子がいるってのは聞いてたが、まさかそいつがこの場に来るとは思ってなかったな……」

「じゃあ、良輔も顔を見たのは初めてか」

「ああ。表には出てこない人間だった。今回初めて会ったよ」

あのひと声で類を大人しくさせたのを見ていると、それも納得の人選である。恐らく、彼はあの獣を宥《なだ》められる数少ない存在の内の一人なのだろう。

どう見てもケンカで敵《かな》うはずはないし、理知的で落ち着いてはいるが、口が立つタイプというのでもないように思える。眼鏡の奥の目つきはおどおどとして気弱に見えたし、こういった交渉で有利な発言ができるような空気もなかった。彼がここに同行しようとしたのは、キレやすい類を抑える役という、ただそれだけの理由だったに違いない。

「しかし、あいつとやり合えたのは、やっぱりお前だけだったな」

良輔はため息をつき、自分の膝《ひざ》を叩く。

「正直、俺はビビって声も出なかった。金縛りにあったみてえに、動けもしなかった。赤池の組長もだ。お前だけだ、あの猛獣に向かっていけたのは」

「……あいつのブチ切れ方、知ってただけだ」

「そうか？　知ってたとしても、ありゃ、普通は太刀打《たちう》ちできねえよ」

「龍二だってできる。俺らも、猛獣みてえなもんだからな」

確かに、と言って良輔は笑った。

そう、蛇の道は蛇。獣には獣がぶつかるしかないのである。

＊＊＊

疲れる話し合いの後、雪也は龍二の部下に若頭が行きつけだったという新宿のクラブに連れていかれた。もちろんバックにいるのは白松組で、経営しているママは龍二の女の一人である。

「あら……まさか、龍一さん？」

「どうも。ご無沙汰《ぶさた》してます」

顔見知りのママは雪也を見て目を丸くする。

さすがに新しく入った組員のように龍二本人と間違えたりはしないが、久しぶりに顔を出した雪也に心底驚いたらしい。

「戻ってきたんですか」

「いいえ、一時的なものです。ゲスト扱いですから、ここへは接待で連れてこられたんですよ」

まあ、とママは目を瞠《みは》り、すぐに魅力的な微笑を浮かべた。確か自分たちよりも五歳ほどは上だったと思うが、とてもそうは見えないあどけない可愛《かわい》らしさがある。同時に洗練された着物姿に髪を結い上げた首筋は上品な色香が漂い、昔よりもずっと経営者としての貫禄《かんろく》が備わっているように見えた。

雪也は奥の席へ案内され、ママ自らが対応し、数人の綺麗どころが集められ特別な客人をもてなした。

高級感のある洗練されたクラブだ。とても龍二（の女）が作ったとは思えないほど品がある。入り口を入ったところに見事な大輪のカサブランカが飾ってあり、店内のデザインも少し近代を思わせるようなもので、華美過ぎず質素過ぎず、上質な雰囲気だ。客層も上等な部類ばかりで、選ばれた者だけがここでくつろぐことができるのだろう。

「最近、どうですか」

「そうね……悪くはないんですけれど、近くにまた中国人の女の子のお店ができて、とても人気なんです。男は少し言葉が不自由で純朴そうな外国人に惹《ひ》かれるのね」

「ああ……自信のない男はそうですね。自分が威張れる女がいいんですよ。まあ、たかが知れています。相手にすることはありませんよ」

女たちが笑う。勝手に注がれる酒はなかなか美味《うま》い。

久しぶりにこういった場所に足を踏み入れた雪也は、心底楽しむというのでもなく、どこまでも冷静に店の趣向や経営ぶりを観察するのみで、頭の中は今回の事件のことでいっぱいだ。

女たちは件のことを喋るのを禁じられているのだろう。耳触りのいい話を品よく囁《ささや》き、こちらの気分を持ち上げる手管《てくだ》はさすがのものである。

そして隣に座る美女はさり気なくなまめかしいボディタッチを繰り返し、雪也はすぐさま彼女の役割を悟った。それにまるで反応しない自分に新鮮な驚きを感じながら、マンションで寝込んでいる恋人のことを思い浮かべている。

女は若菜《わかな》と言った。目鼻立ちのはっきりとした端整な顔立ちだ。何かスポーツでもやっていたのか、引き締まった健康的な肉体に豊かなバストとスラリとした脚、むっちりとした臀部《でんぶ》と、まさに男の理想とする体型である。

一時間そこそこで店を出ようとすると、やはり彼女がついてきて、一緒に車に乗り込もうとする。そうしろと命じられているのであろう若菜の顔を潰すこともできず、その場は何も言わずにいたが、車が走り出してから口を開く。

「ご自宅はどこですか。お送りしますよ」

「あの……でも、このままお帰しするなと言われているんです」

「では、きちんと相手をしてくださったと伝えておきますよ。ご心配なく」

彼女の立場を重んじてそう言うと、少し沈黙した後、若菜は悲しげに微笑んだ。

「私のこと……やっぱり、忘れていらっしゃるんですね」

「え?」

「私、実は一度だけ、龍一さんと……あなたがまだ、ご実家にいらした頃に」

龍二とつるんで暴れまわっていた頃だろうか。正直、最悪の糞《くそ》ガキだった雪也たちは女もケンカも手当たり次第だったので、いちいち相手を覚えていない。

「私は、忘れられなくて。今夜は、お店の言いつけよりも、私自身が……あなたと一緒にいたかったんです」

「そうだったんですか……すみません、あなたを傷つけてしまって」

あの頃に自分と関係を持っていたならば、間違いなく龍二とも関係がある。兄のものは何でも共有したがる性癖があったからだ。そうすると、恐らくあの店にいた女たちすべて龍二のお手つきなのかもしれない。重傷の状態のときですら病室に女を連れ込むほどの性欲馬鹿だ。人のことは言えないが、呆れるほどの下半身男である。

「それでも、あなたを連れていくことはできません。申し訳ない。そういう気分ではないんです」

「そう、ですか……」

「あなたのせいではない。相手が誰でも、俺は同じことを言いましたよ。どうか悪く思わないでください」

涙目になっている美女をいたわりながら、雪也は自分自身、インポになったのではないかとすら錯覚した。

その辺の女優など目ではないほどに美しく、セクシーで、女として完璧な相手が自分を好きにしていいと言っているのに、それでも何の躊躇《ちゅうちょ》もなく断るこの心理は何なのだろうか。

答えは実に安直で単純なものだ。どんなに素晴らしい女でも、映以上に自分が昂揚《こうよう》することはないと知っているからだろう。

（やってみなければわからないというレベルじゃない……あの人と出会って、俺はすべてが変わってしまった）

そもそも、男を抱く趣味などなかった。一人の恋人のみを相手に一年以上過ごしたこともなかった。しかも、丁寧に、執拗に、一度の行為に何時間もかけるだなんて、以前の雪也では考えられないことだ。

何度回数を重ねても、どんなに味わっても、飢餓感が深まっていく。こんなことは初めてだ。

映に溺《おぼ》れている今、他のどんな女を抱いても、味のないガムを噛《か》んでいるような心地しかしないだろう。あの魅惑に勝《まさ》るものなど存在しない。触れてはいけないものだったとすら思うほど、中毒になっている。

「あの……これ」

若菜は小さいバッグから取り出したメモ帳に連絡先を書き、そっと雪也の手に握らせる。

「もし、気が変わられたら……」

「ええ。ありがとうございます」

にこやかに受け取ったものの、この番号にかける日はやって来ない。彼女を抱こうと思えば抱けるだろうが、それはただの性欲処理のための行為となる。

(それに……今誰かを抱けば、確実に荒れる。傷つける)

実家に帰ってきて久しぶりのこの殺伐とした空気に触れたからなのか、類の獰猛な殺気に当てられたからなのか、今雪也の身内には穏やかならぬ悶々《もんもん》としたものがとぐろを巻いている。

(やはり、この間はマンションを離れていて正解だった……こんな顔を見られたくはない)

雪也には予感があった。一時的にでもここへ戻ってしまえば、昔のあのろくでもない衝動が蘇《よみがえ》ってしまうだろうと。

あの頃のセックスはひどかったはずだ。あの美女もよく忘れられなかったなどと言う。相手のことなど何も考えず、ただ己の性欲、征服欲のみを満たしていた。M気質の女でない限り、まず犯されたとしか感じないだろう。

それでも映ならば普通に受け入れ快感を覚えるに違いない。あの淫乱な体はどんな刺激にでも敏感に反応し快楽に変えてしまう。

（あの人はマゾだからな……少しひどくされるくらいがいいらしい。でも、本当に荒々しく扱っても、きっとよがるに決まってる……そういう人だ……）

雪也は映を強姦《ごうかん》する自分を想像した。嫌がって泣きわめく映の頬《ほお》を叩き、痛みで驚いている間に手錠で自由を奪い、服を引き裂く。

必死に暴れても、この体格差ではまるで子どもを相手にしているようなものだ。前戯もろくにせずに最低限に慣らしてローションをぶちまけて突っ込む。

映に怪我をさせないというよりも、女のように濡《ぬ》れない尻《しり》では潤滑剤がなければスムーズに犯せないからだ。

可愛い悲鳴にペニスはますます固く勃起《ぼっき》する。抵抗されればされるほど興奮する。泣いている映を好き放題に蹂躙《じゅうりん》すれば、女よりもずっときつく締めつける感触に陶然とする。欲望のままに激しく突き上げる。もののように扱って、壊れてしまっても構わないというように乱暴に腰を振る。

後ろから突っ込んで、汗の滲《にじ》む尻を叩いてやる。痛みでますます締まる尻の感触に満足し、何度も手を上げるのだ。

けれどそんな風にされているのに、映は前を勃起させて、肌を火照《ほて》らせてよがっている。叩かれて赤く腫《は》れた頬には痛々しい涙の跡があるのに、その上にはすでに苦痛ではない涙が伝っている。

レイプされて感じるなんて、どうしようもないですね、と嘲笑《ちょうしょう》してやれば、映はますます感じてイってしまうだろう。

感じてなんかいない、と言っても、男はそこを隠せはしない。中も引き絞るように、縋《すが》るように雪也の男根を締めつけ、絡みつき、もっと欲しいとねだっている。

そんな反応をされれば、無理やり犯していても、どこをどうすればもっとよがるのか、試してみたくなってしまう。そして結局、自分の欲望のためだけでなく、映を楽しませる結果になってしまうのだ。

(妄想の中ですら、俺はあなたの手の上で転がされているな……)

どう扱ったって、あのみだらな体に誘惑されてしまうのだから仕方がない。

自室に戻って映をレイプする想像をしてみたものの、まともなレイプにならなかった。愛おしいという感情が深過ぎて、それほど残酷にもなれない。

けれど、やはり恋人を抱くときは荒々しく乱暴にはしたくないものだ。愛を囁き合い、確かめ合って、幸福に浸りながら快楽を共有したい。

(映さん……今、どうしてるかな……)

もう寝ているだろうか。それとも、夜更《よふ》かしをしているだろうか。

少しは、自分のことを考えてくれているだろうか。まさか、美少年を漁りに行っているのではあるまいか。

信用ならない不実な恋人に暗い嫉妬《しっと》の炎を燃やしつつ、雪也は眠りにつく。

そして、お仕置きですよと言いながら、ほとんどレイプと変わらないプレイで映を責める淫《いん》夢《む》を長々と味わうのだった。

突然の依頼

一方、こちらは蚊帳《かや》の外——ならぬ、汐留《しおどめ》のマンション。

昨夜もその前も散々絞り尽くされて一日寝込んだ映《あきら》は、仏頂面《ぶっちょうづら》のヤクザにごく丁寧に世話をされ、夜になってようやくまともに起き上がることができた。

「夏川《なつかわ》さん。夕飯できたッス」

「あ……ありがとう。今、行きますんで」

言葉はともかく、声にやる気のなさがあふれている。そのあからさまなイヤイヤ感に気力を吸い取られながらも、寝室を出てよろよろとダイニングへ向かう。

テーブルの上には綺麗《きれい》に並べられた夕食。チキンステーキと味噌汁《みそしる》に白飯、温野菜のサラダと、何とも器用に作られていて、映は鳩《はと》が豆鉄砲を食ったような顔になるのを避けられない。

イタダキマス、と頭を下げて食べ始めると、見た目の通り、味もいい。向かい側に座って自分も食べ始めた光《こう》は、一応、という感じで映に訊《たず》ねる。

「嫌いなもん、ねえッスか」

「ないない……食べられないものはあんまないです」

「味、大丈夫ッスか」

「大丈夫っていうかすげえ美味《うま》いです。家事上手《うま》いの本当だったんッスね」

光と喋《しゃべ》っていると口調が伝染《うつ》る。いざいなくなったときでもこの口癖だけ残ってしまったらどうしよう、と無駄な心配をしてみたりする映である。

それだけのやり取りをするとあちらが無言になり、こちらも無言になる。あまりにも静寂が辛かったのでテレビをつけると、折悪《おりあ》しくニュースで今回の事件が流されているところだった。

（やべっ……）

反射的に、光の顔色を窺《うかが》う。感情を隠せるタイプではないのは明らかで、すぐにその顔面は強張《こわば》って目つきも険しくなる。

「か、替えようか」

「いや……待ってください」

チャンネルを他にしようとした映を、光が制止する。その視線は画面に出ている犯人とされる黒竹会《くろたけかい》組員の男に注がれている。

「俺、こいつのツラ、覚えとかなきゃなんねえから」

「え……？　な、何で？」

「決まってるじゃねッスか。若頭の仇《かたき》を討つんスよ」

何を当たり前のことを、という口調で返されて、映は面食らった。

「仇討ちって……え、で、でも……龍二《りゅうじ》さん、生きてるのに？」

「関係ねぇッス。若頭の大事な体に傷つけやがったんだ。何年でも待って、ムショ出てきた後にやってやるッス。誰が許したって、俺が許さねぇッスよ」

光の龍二への忠誠心は本物のようだ。というか、怖いくらい一途《いちず》である。こういう主従関係がヤクザの世界では普通なのだろうか。

「あのさ……何でそんなに龍二さん好きなの？」

「はあ？」

思わず心に浮かんだ疑問を口にしてしまうと、突然、光が目を見開いて映を凝視する。今まで気の抜けた炭酸飲料のようなぼんやりした顔しか向けていなかったのに、いきなり水をぶっかけられて目が覚めたような反応だ。

「俺、アンタらみてえなクソ気持ちワリィ連中と違って、若頭には男として惚《ほ》れてるんスよ。勘違いしないでくださいよ」

どうやら、映の「好きなの？」という質問を勝手に別方向に受け止めたらしい。心底不愉快な顔をして捲《まく》し立《た》てている。

「ぶっちゃけ、アンタが若頭の近くにいるってだけでマジ気分サイアクなんスけど。アンタのせいで若頭はおかしくなってるんスよ。大体、男同士で好きのどうのっていうのがもう考えたくもないッスよ」

「いやいや、そりゃ俺だって別に龍二さんのことそういう意味で好きってわけじゃ」

「はあ⁉」

　一度目よりも高音かつ心のこもった「はあ？」が来た。

「じゃあ何スか？　若頭の片思いってことッスか？　アンタ、身の程知らずにも程がありますよ。あんな男の中の男好きになんねえで、誰好きになるっつーんスか。勘弁してくださいよ。アンタ見る目なさ過ぎッスよ」

　じゃあどないせえっちゅうんじゃい。とツッコミを入れかけて危うくこらえる。世話をしてくれる存在ではあるが、仮にもヤクザなのだから怒らせてはいけない。と思いつつ、いつの間にかタメ口になっている自分にも驚く。

　しかし光はゲイには嫌悪感がありつつも、そのゲイにすら自分の尊敬する人がいちばんでないと納得がいかないらしい。これが複雑な子分心（？）というのだろうか。

「いや、あの……そもそも俺のこと雪……龍一《りゅういち》さんがどう説明したのか知らないけど、俺、別に男相手に商売してるわけでも何でもないから」

「でも、龍一さんとは男と女みてえに付き合ってんでしょ？」

「えーと……まあ、そうなのかな」

「それじゃ、俺にとっちゃ特に変わんねえッス。細かい違いとかどうでもいいし」

　いや、どうでもよくないだろ。とまたもツッコミたくなるが、もうこの手合いは何を言っても無駄なのはわかっている。普段は関わり合いにならないように距離をおいている人種だが、今回は接さざるを得ないのが非常にしんどい。

（ま、普通はそうだよな。同性愛でも特に男同士ってやつは、ノーマルな男からすると『自分が女にされる』って無意識で思っちまうし、本能的に全力で拒否したくもなんだろ）

そういえば、最初に雪也《ゆきや》にふざけて襲いかかったとき、受け側を拒絶して「せめて男でいさせてください」とか何とか言っていたような気がする。あれがノンケの最後の堤防なのだろう。それにしてもあの頃の雪也は可愛《かわい》かった、と束《つか》の間《ま》思い出に浸る映である。

光は深々とため息をつき、自《みず》らリモコンを取ってチャンネルを替える。

「はあ……。俺、ほんとはこんなとこで、こんなどうでもいい会話してる場合じゃねえんスよ……」

「いや、でも、どうしようもないんだろ？　犯人、もう捕まっちゃってるし」

「何言ってんスか。裏切り者探さなきゃなんねえじゃないスか」

はたと、食事をしていた映の手が止まる。光はそれに気づかず喋り続ける。

「実行犯はおまわりンとコッスけど、裏切り者はまだのうのうとその辺歩いてんスよ。こんな役目押しつけられてなきゃ、俺だって草の根分けてでも探してやるのに……」

（なるほど……雪也が俺に言わなかったのは、そのことか）

何か隠していると確信していたが、まさか組内部に内通者の存在があったとは。雪也は、それが誰なのかを明かすために、今回の件がどういう計画で動いていたのかを探るために、実家に戻ったのだ。

（別にそんくらい隠さなくってもいいじゃん。あいつ、変なところで水クセェな。もっと壮大

な陰謀にでも巻き込まれてんのかと思ったじゃねえか）

組織内に敵がいるかもしれないということは、確かに得体が知れないし危険度も増すように思う。しかし、それを知ったところで映の身に危険が及ぶわけではないし、そんなところへ帰るなと子どものように引き止めるわけでもない。

やはりそこはカタギとしての映と、ヤクザの家に生まれた自分という、世間並み的な線引きをしたのだろう。こちらの世界のことは、こちらの人間だけで片付けなければいけないという、仁義のようなものだろうか。

それにしても、光は軽々と事件の内容を口にしている。雪也とデキていると認識している映が、内情をすべて知っていると思いこんでいるようだ。

（こいつって、もしかしてちょっと頭悪い？）

少し突けば、何でもポロポロ喋ってくれるかもしれない。映は、雪也が明かしてくれなかった今回の件のことを、光を通して探ろうとする。

「光さんは、その裏切り者ってやつ、心当たりは全然ないの？」

映に名前を呼ばれて、一瞬だが露骨に嫌そうな顔をする。

秘《ひそ》かに粉をかけて言いなりにでもしてやろうかという企《たくら》みがないでもなかったが、この男に関しては無理だろう。本気で嫌われている。

「ねえこともねえっつーか……まあ、多分俺が気に入らねえってだけなんで、確信じゃねえッス」

「やっぱ派閥みたいなの、あるんだな」

「派閥はそりゃあるッスけど、いがみ合ってるとかじゃねえです。ただ、個人的にそいつがいけ好かねえとかそういう感じなんで」

「それは同じ派閥内でも、ってこと？　同じグループにいるけど、好きな奴《やつ》と嫌いな奴いるってことあるし」

「まあ、そういう感じッス。俺単純なんで……肚《はら》ン中で何考えてるかわかんねえっつうか、頭脳派みてえな奴、苦手なんスよ……正直、若頭の右腕の西原《さいばら》さんとかも、ダチだったら絶対つるまねえタイプッス」

今回の捜査に加わらせてもらえていないストレスか、光は本当によく喋る。その西原という男も今初めて名前を聞いた。龍二の右腕ということだから、幹部の一人なのだろう。光はその男も怪しいと見ているようだ。

（ってことは、雪也のこと警戒してたのも、光の中では頭脳派に属するタイプだったからなんだろうな）

まさかすでに家を出て龍二の情報を把握しているわけがない雪也が内通者とは考えていないだろうが、直情的で何でも突っ込んでいく性格の龍二を崇拝している光が、双子でありながら弟とはまた違う気性の雪也を、好ましいと思うはずがない。

むしろ、白松組《しらまつぐみ》を捨てたと思っているだろうから、不信感に近いものがあるだろう。映は無意識のうちに、光の思考を分析している。

まだ二十歳。少年院に入った過去があり、その後ヤクザになって龍二の下についているのだから、一般的にいえばまっとうな人生を送っているわけではない。

しかし、聞けば何でも喋ってしまう素直さや愚直さ、嫌いなものは嫌いという感情を隠せない幼稚さ、一度やると決めたことはやり通す真面目《まじめ》さ、龍二への忠誠心などを見れば、彼が歪《ゆが》んだ心の持ち主などではないことがわかる。

むしろ、映と比べればよほど純粋で無垢《むく》な魂を持っているだろう。隠し事はできないタイプに違いない。最初の印象で人格を決めつけてしまう傾向があるが、好ましく思っていない雪也の頼みを龍二の命令だからといって引き受ける辺りは、上下関係がすべてにおいて優先されるのだろうか。

（つまり、やっぱ犬ってことだな。上の命令は絶対）

群れで生きる動物であり、人間との共同生活の中でも、常にそのメンバーを順位付けしてそれに従って相手に応じて態度を変える。表情豊かで喜怒哀楽をすべて顔に出す。

三浦《みうら》光は、映がこれまで出会ってきた人間の中でも、ザ・犬という男だった。

光を長々と分析していたとき、テーブルの上に置いていた映の携帯が突然鳴り出したので、映はびっくりして飛び上がりそうになった。

一体、誰からだろうか。着信音が違うので雪也ではない。

「スマホ、鳴ってるッスよ」

「あ……、うん、そうなんだけど……取っていいの？」

「どうぞ。電話で殺されるっつー話は聞いたことねッス」

確かにその通りなのだが、光は雪也に映の行動を制限させろとは命令されていないのだろうか。もっとあれはだめ、これはだめと言われるような気がしていたので、少しだけホッとする。

それでもやはり光の前で電話を受けることを躊躇《ちゅうちょ》しつつ、恐る恐る画面を見てみる。アドレス帳に登録されている相手ではない。しかし、この番号には見覚えがあった。

(やべえ、多分パトロンの一人だ……)

よりによって、このタイミングである。

雪也にパトロンの番号はすべて削除するよう言われており、見知らぬ番号にも決して出ないようにと言いつけられてきた。

だが、今ここにその雪也はいない。そして、光も相手が誰なのかは知らないだろう。

「？　出ないんスか」

「あ……、話しても、いいのかな」

「別にいいッスよ。どうぞ」

興味のなさそうな顔で促されて、映は思わず画面をフリックしてしまう。何か胸騒ぎがしたが、もうこうなったら出るしかない。

「……もしもし」

『ああ、ようやく出てくれたね、映くん』

「梶本《かじもと》さん……」

その寂《さび》のある落ち着いた声を聞いて、思わず安堵《あんど》の息が漏れる。かけてきたのがこの人でよかった、と心底ホッとした。

梶本源太郎《げんたろう》。六十代半ばで、不動産関係の会社を経営しており、今は息子に譲って隠居生活である。

映とは最も長い付き合いのパトロンの一人で、彼と肉体関係はない。純粋な好事家《こうずか》であり、映の絵をこよなく愛し、映が中学生の頃から親交を結んでいて今に至っている。

『最近、どうしているかな、とふと思ってね。元気だったかな』

「はい、お陰様で……全然連絡できなくて、すみませんでした」

『いいんだよ。君の雇い主の人はよくしてくれている？』

映はパトロンを切ったとき、探偵事務所の他に新しい仕事を紹介してもらい、資金提供の必要がなくなったことと、雇い主がこういった関係性を嫌っていることから、しばらく連絡がとれなくなる、という理由を作っていた。

「はい、今のところ、大丈夫です。梶本さんも、お変わりありませんか」

『うん……と言いたいところなんだが、少し持病を悪くしてしまってね』

「えっ……。だ、大丈夫なんですか」

『まあ、歳《とし》だからね。私だけじゃなく、人間皆老いてくると持病のひとつやふたつ、出てくるものなんだよ』

梶本は穏やかに笑っている。その声の感じからすると深刻ではなさそうだが、彼の持病を詳しく知らない映にとっては想像することしかできず、心配になる。

「でも、そんな大変なときに……何の力にもなれず、すみません」

『いや、そんなことはないよ。実は、そのことで今連絡したんだ』

「え？」

『実はね……映くんにちょっと頼みたいことがある。詳しい話をしたいんだが、明日にでも君の事務所へ行っていいかな。まだあそこはやっている？』

突然の展開に、映は目を白黒させる。まさか会いに来ると言われるとは思っていなかった。しばらく会っていなかったのに、いきなりの展開である。

「え、ええ、もちろんまだ開けています。明日ですか？」

『うん。詳しい話はそこでするよ。君の予定は空いているかな』

「そ、そうですね……あの、ちょっと待って下さい」

映はスマートフォンを遠ざけ、小声で光に問いかける。

「あのさ……知り合いが、明日事務所の方に来たいって言ってるんだけど」

「いいんじゃないッスか」

光はテレビを見ながらろくに話を聞いていない様子で適当な返事をする。

「俺、事務所普通に行っていいんだよね？」

「どうぞ。俺は、アンタの日常生活にずっと張り付いてるだけなんで」

映は梶本に大丈夫だと答え、通話を切った。直後、スマートフォンを手に持ったまま呆然《ぼうぜん》としてしまう。

（え……マジかよ……梶本さん、来ちゃうのかよ……よりによってこんなときに……）

やはり、そもそも電話に出るべきではなかったのだ。光に促されて思わず通話してしまったが、これは後々地獄の展開になりそうな予感がハンパない。もちろん、今麻布《あざぶ》に出張している番犬のお仕置きという意味で。

肉体関係のないパトロンだったと言って信じてくれるような相手ではない。けれど、昔から一方《ひとかた》ならぬ恩があり、映自身とても世話になったという自覚がある人物なのだ。そして、病《やまい》で弱っているらしいその恩人を、番犬が怖いからやっぱりお会いできません、などと突っぱねる勇気も図太さも映にはなかった。長いこと不義理をした上にその対応では、まさに恩知らずである。

「会いたくない人なんスか」

ぼうっとしている映を見て、光は怪訝《けげん》な顔をする。

「あ、いや、そうじゃなくて。すごく久しぶりに会う人だから」

ふうん、と気のない相槌《あいづち》を打って、光は引き続きバラエティを面白くなさそうに眺めている。

自分のことを聞かれれば答えるが、映のことは特に知りたくはないようだった。

そのとき再び着信音が鳴って飛び上がる。今度は雪也だ。

いる。

「もしもし」

『こんばんは。どうですか、そっちは』

「あ……、うん。大丈夫だよ。今飯食ってるとこ」

今さっきまでパトロンと話していたので、あまりのタイミングのよさに監視カメラでもあるのではと戦々恐々とする。雪也ならばあり得る話なのが心底怖い。心臓が変にバクバク鳴っている。

『光、何か作ってくれましたか』

「うん。チキンのやつ作ってくれた。普通に美味い」

チラリと向かいの光を見ると、いかにも気まずそうな顔をして、目をそらしたまま味噌汁を飲んでいる。

相手が雪也とわかって、恋人同士が甘い会話をしているとでも思っているのだろうか。こちらは内心パトロンのことがバレまいかとビクビクしているのだが。

『美味《おい》しい？　俺が作った料理よりも？』

「あー、えっと……あんたのヤツの方が、好みの味だけど」

『そりゃ、そうでしょうね。なにせ二年近く、あなたのために料理を作っていたわけですから』

携帯の向こう側でも得意げな顔をしているのがわかって、少し可愛いと思ってしまう。疑《うたぐ》り深《ぶか》いくせに、映の褒め言葉は案外素直に受け止めるのが面白い。

『まあ、でもまともなものを作ってくれたようで安心しました。言ったでしょう？　家事は得意らしいと』

「うん、そうだな。俺、別に作ってもらわなくても買ってくるとかでよかったんだけど」

『だめです。外で買うものは塩分が多いし添加物も入っていますから。そんな食生活を俺がいない間ずっと送らせるわけにはいきません』

「いや、大丈夫だって……雪也はほんと過保護だな」

ふいに、光が怪訝な顔でこちらに視線を向ける。

（あ、やべ。雪也って言っちまった）

別の誰かと話していると思われただろうか。そういえば雪也は名前の話をしているかどうかわからない。

『こっちは少しだけ進展がありました。あまり前に進んだものとは言えませんが』

「あのさ……ほんと、無茶だけはすんなよ」

『あなたには言われたくありませんね』

「そりゃそうなんだけど……俺は心配してんの」

『ええ、わかってます。大丈夫ですよ』

雪也が小さく笑っている。顔は思い浮かぶけれど、携帯越しの声というものはどこか奇妙で、雪也自身の声のはずなのに、何となくそう聞こえないときもある。

『それにしても、こうして一日会わずに電話だけで話すなんて、新鮮ですね』

「癖になりそう?」

『いえ、全然。声だけじゃ足りないです。あなたを直接抱きしめたい』

思わず、らしくなく顔が赤くなった。面と向かって言われる方がまだ攻撃力は低い。

冷たい視線にはっと我に返ると、光が死んだ魚のような目をしている。ここまでくると、汚物を見るような眼差《まなざ》しがちょっと気持ちよくなってきた。お前の目の前でヤってやろうかという気分になる。

『すみません、これからまた会議があるので、今日はこれで』

「ああ……忙しいのに電話くれて、ありがとな」

『どんなに時間がなくても毎日かけますよ……あなたが出るまで』

ストーカーまがいの台詞《せりふ》を甘い声で囁《ささや》き、『おやすみなさい』と雪也は通話を切った。

それにしても、電話だけというのが本当に新鮮で、何だか恥ずかしくなってしまう。まるでまだ実家に住んでいる学生の付き合いのような、ひどく初心《うぶ》な関係性に思えてそわそわする。

昨夜散々された情事の記憶はまだ色濃く体に残っていて、さすがの映でも今晩はいらないという気分だが、それでもやはり声を聞けば疼《うず》くものがあった。

そしてものの数分の会話だったはずだが、光にとっては相当長く感じたらしく、こちらは気の毒になるほど疲れきった顔をしている。

「今のって龍一さんッスよね?」

「うん、そうだけど」

ない。

「ゆきや、って呼んでませんでした？」

やはり突っ込まれた。聞き流せばいいものを、と思うけれど、そういう器用さはこの男にはない。

「ああ、あれな……なんか、あだ名みてえなやつ」

「龍一のりゅの字も入ってねえじゃないスか」

「いいんだよ。外人だって恋人のことマイハニーだのラズベリーパイだの言うだろうが」

適当に言ったつもりが、なるほど、と妙に納得されて、幼児に嘘《うそ》を教えて信じ込ませてしまうような罪悪感を覚える。その理論だとあんみつだのおまんじゅうだのと呼ぶのではないか、などという反論は待てど暮らせどやって来ない。

「ってか、イチャつくときは言ってくださいよ。心の準備するんで」

「そんなに嫌なら別室とか行けばいいじゃん」

「それじゃ用心棒になんねえし、ダメッス。トイレとかンときは仕方ねえスけど」

生真面目《きまじめ》過ぎる返事である。これはかなり生きづらかろう、と適当な映は同情した。

ということは映が何をしていても側にいるしかないわけだが、逃げ出すのを我慢して留《とど》まっていても、表情だけは強く意思表示してくるのが結構しんどい。

「あのさ……わかるんだけど、このマンション結構セキュリティはしっかりしてるからそこまでしなくて平気だって。外でしっかり守ってもらえればいいからさ」

「でも……もし、何かあったら、若頭に顔向けできねえッス」

「二十四時間張り付いてなきゃいけないような状況だったら、光一人だけじゃなくて他にも寄越されてるよ。その程度の警戒レベルなんだから、もう少し力抜いていいって。こんなんじゃ、数日も保《も》たないぜ」

それは確かにそうかもしれない、と納得したのか、光は反論しなかった。

最初は仏頂面のヤクザに見張られるなんて怖いし不安だと思っていたけれど、今では別の意味で先が思いやられそうだと思う映である。

＊＊＊

翌日の昼下がり、約束通り梶本源太郎は事務所へやって来た。

以前と変わらぬ趣味のよい上品な出で立《いた》ちだ。こういう男をロマンスグレーというのだろう。白髪の目立つようになった髪を横分けにし、ロイヤルブルーのスカーフにグレーのジャケット、オフホワイトのスラックス。

口元の髭《ひげ》も様になっていて、血色のよい肌は艶《つや》もよく、到底これから入院する人間のものとは思えない。

「やあ。こんにちは」

「梶本さん。すみません、わざわざこんな場所まで……」

「当たり前じゃないか。私はいつでも、君のために馳《は》せ参《さん》じる立場だよ」

梶本とそういう関係にないといっても、やはり彼も映を女性と同等のように恭《うやうや》しく扱う。映自身は男にそうされることに慣れてしまって何も感じないが、横にいる光はやはり微妙な顔をしているのが見なくてもわかる。

事務所へは光の運転する車でやって来た。公共の交通機関では無防備過ぎるらしい。

到着してからは、何をするというわけでもなく、事務所のソファに座って携帯をいじっている。梶本が来てから茶を出してくれたりと一応お行儀よくしてはいるが、やる気のなさは丸わかりなので、この客人に光がどんな立場の人間に見えているのか不安である。

「お体の方は、大丈夫なんですか」

「うん。少し出歩く分には平気だ。ただ、近々手術の予定があってね。そうすると、ちょっとの間入院することになるから、その前にと思って」

「そんな……お元気そうに見えるのに」

「ありがとう。見た目にはさほど出ないのが幸いかもしれないね。これも、弓道で心身を鍛えたお陰かな」

快活に笑う梶本の明るさに慰められる。社長業とは別に弓道家でもあるこの初老の男は、かつて弓で全国にその名を轟《とどろ》かせたという。家の敷地内《しきちない》に弓道場を建て、今でもそうなのかは知らないが、日々鍛錬を欠かさなかったらしい。

「それで、頼みたいことっていうのは……」

「ああ、そうなんだ。あのね、実は、また君に絵を描いてほしいんだよ」

「絵……、ですか。いつものように？」

梶本は映の体を要求しなかったが、時折絵を望んでいた。どんな絵を希望されるかはその時々によるが、大体が風景画である。一度、肖像画を描いて欲しいと言われたこともあった。

「うん。また風景画を頼みたい。桜之上《さくらのうえ》公園があるだろう。今は亡き妻との思い出もある場所でね。僕はあそこを散歩するのが好きなんだが、今後ちょっと足が遠のきそうなんで、その公園の絵を描いてほしいんだ」

「奥様との思い出ですか。素敵ですね」

「こんな歳になっても昔のことを想《おも》うだなんて恥ずかしいんだがね。あの人は本当に素晴らしい女性だったんだ。今でも恋をしているよ。春にね、桜之上公園でいちばん立派な桜の木の下でプロポーズをして、それ以来夫婦にとって特別な場所だったんだ。本当に見事な桜だった……君に貰《もら》った桜の絵は、まさしくあのときの美しい桜だったよ」

梶本は愛妻家で、確か妻は六年ほど前に亡くなっている。意気消沈した彼を慰めようと、映は自ら絵を描いて贈ったことがあった。

そのとき、このエピソードは知らなかったが、奇《く》しくもそれは桜の絵だった。桜をモチーフに選んだのはもうすぐ春だったから、すぐに暖かい季節が来ますよと元気づけたい意図があったのだが、今の話を聞けば、あのとき梶本が映の目の前で突然号泣した理由もわかる。

「息子には湿っぽいと笑われるんだがね……どうも歳を取ると昔のことばかり考えていけない。だが、私は退屈な病室に、あの公園の絵があったらさぞかし様変わりするだろうと思うんだ」

「なるほど……公園の絵ですね」

チラリと横にいる光を確認する。するとまたもや話を聞いていないのか聞いていたのかわからない適当な調子で頷《うなず》くので、映は視線を梶本に戻して微笑《ほほえ》んだ。今のところ探偵業の依頼もないので、恩人の頼みとあれば迷うことはない。

「わかりました、お引き受けしましょう」

「本当かい！　嬉《うれ》しいなあ……」

「今だと紅葉の盛りは過ぎている感じですが……季節はそのままでいいんですか？　桜が咲いていた方がいいとか、緑の方がいいとか、そういうご希望は」

桜之上公園は渋谷周辺にある中規模の公園で、梶本も桜に言及した通り、桜の名がつくほど花見の名所である。紅葉も美しいが、そこを指定するならば、やはり桜が見たいのかもしれないと思って訊ねてみる。

するとと梶本は微笑んでかぶりを振った。

「いやいや、見たままで構わないよ。そのままがいいんだ。確かに特別な思い出があるのは春なんだが、季節を問わず、あそこにはよく行っていたから」

「わかりました。場所の要望はありますか？　梶本さんが気に入っている場所とか」

「そうだね……芝生広場の横にドッグランがあるんだが、そのすぐ奥に背の高い木々が鬱蒼《うっそう》と茂った、陰の濃い場所があるんだ。木漏れ日が綺麗でね。そこがいいかな。透明感のある水彩画を描いて欲しいんだ」

「了解です。やっぱり、入院される前までに完成させないといけませんよね。いつからなんですか?」

「一ヵ月半後なんだ。間に合うだろうか」

「大丈夫だと思います。そんなに大きな絵でなくてもいいのでしたら」

「もちろんだよ! どんなサイズの絵でも構わない。君の絵を眺めていられるというだけで、私はきっとすぐに回復できるよ。その自信がある」

熱烈に主張するその眼差しに、映はどこか郷愁を感じてふっと口元を綻《ほころ》ばせる。

かつて、映の周りはこんな風に熱意あふれる視線に取り囲まれ、息ができなくなるほどだった。

「君は天才だ」「千年に一人の逸材だ」「頼むからもっと絵を」「願わくは私だけのために」「ただひとつの絵を描いて欲しい」——誰もが映に肉薄し、映の才能を乞《こ》うていた。

そのうちに、ある者は映自身へ興味を移し、ある者は熱が高まり過ぎて却《かえ》って憎しみをぶつけるようになった。ある者は妄想の世界と区別がつかなくなりあの絵は自分が描いたものだと言い出したり、根も葉もない噂《うわさ》がまことしやかにささやかれるようになった。あらゆる幸福と災厄がともにやって来たような混沌《こんとん》とした状況になったのだ。

有名税と人は言うが、この理不尽さをその一言で片付けられる人がどれほどいるだろう。大多数は、自らも気を病《や》んでこれまでとは違うものの見方をするようになる。山ほどの肯定と否定を同時に受け止めるその過酷な世界。

いつしか、映はそんなものに慣れ切っていた。賞賛と罵倒《ばとう》を当然のように受け止めるようになっていた。世間的にはきらびやかな存在、華やかなバックボーン、誰もが羨《うらや》む実績と地位を若くして手にし、その裏で自分の罪深さと業《ごう》に矛盾を感じていた映は、むしろ時折聞こえてくる負の叫びがあってようやく均衡を保っていたのである。

それでも、自分の立ち位置の眩《まばゆ》さに耐えきれず、逃げ出した。パトロンの熱烈な賞賛は、かつてのあの日々を鮮やかに蘇《よみがえ》らせる。意味を見いだせない宝物を両腕いっぱいに抱えていた、あの華やかなる日常を。

「今は君にお金を融通しているわけでもないから、報酬はきちんと払うよ。相応の額をね」

「そんな、いいんです。これまで不義理をしてきたお詫《わ》びに、どうかそういうことは気にせず、俺に描かせてください」

「いや、そういうわけにはいかない。これは私の気持ちの問題だからね。受け取って欲しいんだ」

梶本にそこまで言わせては、映も強《し》いていらないとは言えない。それでも、数度そのやり取りを経て、今回は報酬を受け取るという結論に至った。

要件を話し終えると、梶本は光の方に視線をやり、「初めて見る方だね」と微笑んだ。

「彼は助手さんかな？　若いから雇い主というわけではなさそうだけど」

「あ、はい、ちょっと臨時で雇った者で」

二人の視線が自分に向くと、光は「ッス」と空気漏れのような声で小さく頭を下げる。

梶本は目を細めて慈しむような眼差しを光に向ける。

「若い人はいいね。この歳になると、年若いというだけですべてが愛《いと》おしくなってしまう」

「梶本さんだってまだまだお若いですよ。久しぶりにお会いして驚きました。何だか以前よりも若返っているように見えますし」

映がおもねると梶本は嬉しそうに微笑む。

「お世辞でもそう言ってもらえると嬉しいよ……君のそういう言い回し、少し懐かしく感じるな」

「そうですか?」

「ああ。ふしぎなものだが、君は昔からそういうことを口にできる子だったね。誰かに教えてもらっていたのかな」

「え……、いいえ、特にそういうことは」

思いがけないことを言われて少し面食らう。確かにそつがないと言われていたような気もするが、そこまで昔から媚《こ》びていた自覚もない。

「覚えていませんが、何だか生意気な子どもでしたね」

「生意気とは思わないよ。子どもらしくない、と感じる人もあったかもしれないがね。私が君に初めて会ったのは、君がまだ十三かそこらの頃だったが、今と変わらず、わざとらしくなく、自然と年上の人間を満足させる対応をしていた。色々と、末恐ろしい子どもだと思ったなあ」

それはもうその頃には映が仮面をかぶっていたことを意味している。天真爛漫《てんしんらんまん》で無邪気な少年時代は早々と卒業してしまった。隠し事ができたからだ。

「思えば、君とも長い付き合いだね。中学生の全国的な絵画コンクールで最優秀賞をとったときだ。よく覚えているよ。この子は普通と違う、と感じた。天才だと。案の定、高校に上がって最初に出した院展で入選してしまった」

「あれは、父の七光りもかなりあったと思いますよ」

「いいや、そんなもんじゃない。そう言う輩《やから》もあっただろうが、愚か者だ。素人目《しろうとめ》に見ても、君が頭抜けていることはわかっていた。君は明らかに、お父上をも超える逸材だったんだ」

梶本は熱弁する。彼はまだ幼かった映の絵をとんでもない値段で買いたいと言ってきた好事家の一人だった。

「私はね、今でも君がなぜ公の場から退いてしまったのかはわからない。けれど、それも天才ゆえのものだろう。私は凡人だから、君の悩みなどは推し量ることもできないさ。ただ、覚えておいて欲しいのは、誰もが君を待ち侘《まわ》びているということだ。そして、少しでいいから君を支えるなにがしかになりたいと思っている。私がこれまで君を援助してきたのは、私自身の喜びのためなんだよ」

「俺は……梶本さんに、そんな風に言っていただけるほどの奴じゃありません」

「いいや、謙遜《けんそん》などしてはいけない。君を崇拝する私の価値観を貶《おとし》めないで欲しい。君が望むと望まざるとにかかわらず、才能は与えられたんだ。それをどう使おうと君の自由であり、君の人生だ。そして、そんな君を見守っていきたい、支援していきたいと願うのもまた、私の自由であり、私の人生なんだよ」

梶本はひとしきり映を褒《ほ》め称《たた》え、懐かしい話などをして満足すると、絵の件はまた連絡すると言って、機嫌よく帰っていった。

久しぶりのパトロンとの交流だった。一方的に関係を切ってしまったので、非常に気まずさがあったのだが、梶本の方には一切そういった気配は見られなかった。

(新しい仕事とか雇い主とか……詳しくは言えない、なんて言ってぼかしたけど、誰も本当のことだなんて思ってないよなあ)

その後も探偵業は継続しているし、パトロンの援助がなくとも生活ぶりも変わっていない。新しい恋人か、これまでのパトロンたちを凌《しの》ぐ財力がある新しいパトロンができたので、過去の関係を清算したと皆思っているだろう。

そう考えると、新しい雇い主だとかいう存在に深く突っ込まなかった梶本はやはり余裕のある大人の対応だった。もしもこれが梶本ではなく、映と肉体関係があり若い恋人のように扱っていたパトロンの一人だったら、きっとこうはいかなかった。それ以前に、さすがに映も会うことを承諾できなかっただろうけれど。

梶本と話していた間、ずっと隣でムスッとしていた光は、二人になると胡散臭《うさんくさ》そうな目つきで映を見て、口元を歪めた。

「夏川さん、やっぱ男娼《だんしょう》じゃねえッスか」

「は？　こらこら、何でそうなるんだよ」

「あのオッサン、愛人っぽかった」

「あのなあ。光はもう誰でもそう見えるんだろ。あの人は違う。俺自身が欲しかった人じゃないよ」

言外に、光の言う通りの相手もいたと匂《にお》わせたが、単純な光がそれに気づいたかどうかわからない。

梶本はパトロンの中でもかなり純粋に映の絵画を愛していた人物だ。映の謎《なぞ》フェロモンにも当てられなかった、ある意味貴重な男性でもあるかもしれない。亡くなった妻という人がよほど魅力的な女性だったのだろう。

「っていうか、アンタ、絵描く人だったんスね」

「うん、そうだよ。あれ？　聞いてなかった？」

光は首を横に振る。ゲイだという情報は与えておいて、ロクに他の個人情報を教えていないところに雪也の邪悪な意図を感じる。

「俺には絵とか全然わかりませんけど……報酬貰えるほど上手いんスね」

「別に、それほどでもないよ。っていうか、光だってセンスあると思うな」

「え、俺が？」

光はキョトンとして映を見る。思いもよらない言葉をかけられたという反応だ。そういう顔をしていると、まるで幼い子どものように見える。

「何でそう思うんスか」

「作ってくれる料理がさ。皿の配置とか、彩りとか。ああいうの、センスなきゃできないと思うけど」

光の作る料理は味もさることながら盛り付けが美しい。その点は雪也の方が大雑把《おおざっぱ》なように思う。もちろん、ひどいということはないのだが、光の方がちょっとしたところにまで気配りがきいているように見えるのだ。

「それ……、多分俺がちょっと料理の修業したからッスよ」

「へ……そうなの？」

「母親が居酒屋やってたんで。それ、ガキの頃から手伝ってたし……あと、年少出てから、ちょっとレストランの厨房《ちゅうぼう》で働いてたんス」

なるほど、と納得する。ヤクザではないにせよ、世界一家事をしない日本の男が、あそこまできちんとしたものを作れるのは珍しいのではないか。

「十分そっちでも食っていけるよ。すげえ美味いもん」

光はうつむいて「ッス」と礼を言う。もう一日一緒に過ごしただけで、同じ「ッス」でも様々な意味を聞き分けられるようになってきた。気分はブリーダーだ。

しかし、まともに働いていたらしいのに、どうしてヤクザの世界に入ることになってしまったのか。そこは少し気にはなったが、まだそこまで突っ込んで聞けるような間柄ではないような気がして黙っていた。

「なんかちょっと思ったんスけど」

　ふいに、光が映を見て首を傾《かし》げる。

「夏川さんって、人と距離詰めるの上手いッスよね」

「え、そう？」

「俺、結構人見知りなんで……そういうとこは、普通に羨ましいッス」

　そういえば、もうすでにタメ語になっているし、呼び捨てにもしている。けれど、それを光が気にしている様子もない。

　先程の梶本の言葉も合わせれば、映はよほど対人関係が得手だということになるが、それならばどうしてこう色々とうまくいかないのだろうか。

　原因はわかり過ぎるほどわかっている。波乱万丈も波乱続きで、昔から何事もない日々など存在しなかった。

　しかし、これまでのことといい、今回のことといい、つくづく平凡でない星の下に生まれてしまったものだ。そう嘆きたくなる晩秋の昼下がりであった。

公園の出会い

翌日から、早速映《あきら》は梶本《かじもと》の依頼をこなすため、桜之上《さくらのうえ》公園に向かった。もちろん、光《こう》も一緒だ。

公園の木々は綺麗《きれい》に紅葉している。ただ、もう葉がだいぶ落ちてきているので、あと一週間もすれば、ここは冬の景色に様変わりするだろう。

「うえ……こんな寒空の下で描くんスか……」

「仕方ねえよ。風景画だもん。まあ、ゆっくりやるよ。今日はせいぜい夕方までかな」

「それってかなりずっとじゃねえッスか……俺、寒いの苦手ッス……」

その立派な筋肉は見掛け倒しなのだろうか。光は映よりもよっぽど寒そうな様子で両手を擦り合わせている。

指定された場所にはおあつらえむきにベンチがあったので、映はそこに腰掛けて準備をする。スケッチブックに何枚か鉛筆を走らせ、早々に構図を決めてさっさと描き始めながら、隣で震えている光に声をかけた。

「そんなに無理なら、その辺の喫茶店でも入ってたら?」

「それじゃ護衛になんねぇッス」

「じゃあ、温かい飲み物とか買ってきなよ。コーヒーとかスープとか」

なるほど、と光は頷《うなず》き、「すぐ戻るッス」と言って駆け出していった。その後ろ姿に犬耳と尻尾《しっぽ》がついているように見えて、とうとう幻覚が見え始めたかと目を擦《こす》る。

（久しぶりに一人だなあ……）

束《つか》の間《ま》だが監視役がいなくなったことで、映は一瞬の自由時間に背伸びをした。やはり慣れない人間に四六時中張り付かれているのはストレスを感じる。

それにしても、外でこうして絵を描くなんていつぶりだろうか。梶本に指定された場所は確かに木漏れ日が美しく、絵にするにはうってつけの場所だった。

元々人物画よりも風景画や静物を描く方を好んでいたので、開放感に任せてまず鉛筆を走らせていると、すぐに完成図が頭に浮かぶ。

（最近、色々とグダグダだったからかな……すげえ浄化されてる感）

何だかんだ言って、絵を描いていると心が満たされる。説明のつかない充足感があり、ただひたすら描いていたいという欲求に駆り立てられる。

自分が天才かどうかはわからない。ただ、思うままに描いただけの絵がかなりの評価を受けていることを思えば、そうなのかもしれないとも思う。

昨日の梶本の熱っぽい言葉の数々を思い起こしながら、映は画板に反響する鉛筆の音に陶酔するように、作業に没頭していった。

誰かから評価されたいから描いていたのではない。名誉や富が欲しいから絵筆をとっていたのではない。

ただ、描きたかったのだ。自分の手から一枚の紙の上に様々なものを生み出すことができるのを、例えようもなく面白く感じていた。まるで本物のように、あるいはそれ以上に、世界を描き出すことができる——その過程は、最高に楽しい遊戯だった。

そう、映にとって絵を描くこととは、遊びだ。子どもたちが石を使って地面にらくがきをするような感覚と何ら変わりない。その延長線上に、傑作だ何だと言われる絵が出来上がるのだ。

子どもが遊びたいと思うように、絵を描きたいと思う。その純粋な衝動を、今なお感じる。誰かに見せるものではなく、自分が描くだけのための絵を。

「上手《うま》いですね」

心地いい午睡を破られたように、現実に戻された。

ハッとして振り返ると、背後に人が立っている。まったく気づかなかったので、ひどく驚いた。今このとき襲われていたら、襲われたことにも気づかないほど簡単にやられていただろう。

映の仰天した顔を見て、声をかけてきた主も狼狽《うろた》えている。

「あ、こ、これはいきなり失礼……突然話しかけてしまって」

「い、いいえ、いいんです……ちょっとぼうっとしていたので」

二人でぎこちなく笑い合う。

男は絵を描いている映に声をかけてきただけあって、ジョギングしに来たという出《い》で立《た》ちではなく、勤務中の昼休みの間にちょっと近くの公園に寄ってみた、といったような風貌《ふうぼう》である。

チャコールグレーのジャケットとパンツにモスグリーンのニット、ボルドーのマフラーに、アルティオリの色気のある革靴を履いている。サラリーマンというよりは実業家かどこかの芸術家か、といった雰囲気だ。

年齢は四十過ぎ、といったところだろうか。爽《さわ》やかに整った美男子と呼べる顔立ちで、穏やかな表情ながらどこか隙《すき》のない空気を感じるので、仕事の方はかなりのやり手なのかもしれない。

「あんまりお上手だったので、つい声をかけてしまいました。いつもここで絵を？」

「あ、いえ、実は今日からなんです」

「へえ！　そうなんですね。美大の方ですか？　課題か何かで？」

大学生と間違われている。渋めの袷《あわせ》と羽織《はおり》を着ているのにやはり年相応には見られない。高校生と思われなかっただけ、成長しているのだろうか。

ふと、映の顔をまじまじと見ていた男は、小さく首を傾《かし》げて瞬《まばた》きをした。

「あの……、不躾《ぶしつけ》ですが、もしかして、あなたは」

「夏川《なつかわ》さん！」

遠くから、茶髪の大型犬が猛烈な勢いで駆け寄ってくる。

早くも懐《ふところ》に手を突っ込みかけていて、まさかこの長閑《のどか》な公園でぶっ放す気かと慌てて腰を浮かしかけたとき、光はなぜか途中で急ブレーキをかけた。

「え……？　何で……」

どうやら、映に声をかけていた人物を見て絶句している様子である。

その反応に、え、何、この人何なの、とビビる映の前で、「ああ、君は」と謎《なぞ》の人物がぽんと手を打つ。

「光か。若頭の子分の」

「ッス……。マジ、びっくりしたッス……」

あ、もしかしてお仲間の、と察した瞬間、男は映に向かって丁寧に頭を下げた。

「すみません、彼は知り合いでした。申し遅れましたが、私は日永亘《ひながわたる》といいます」

「ええと……ということは……」

「この人は、本部長ッス」

やはり、ヤクザだったらしい。昼日中にのんびりと公園に来るヤクザがいたことに驚きつつ、こんなにもオシャレなヤクザがいたことにもっと驚く。

映の中ではどうしても筋モンと言えばド派手な色のテカテカしたスーツを着ていたり、パンチパーマにネックレスでサングラス、指にはごつい指輪をいくつもつけている、というようなイメージなのだ。

「それで、あなたは多分、夏川映さんですよね」

「え……日永さん、知ってるんスか」

映が答える前に、光が馬鹿正直《ばかしょうじき》に肯定する。

今の場合特に隠さなくてもいいのだが、この単純さがどこかで大きなネックになりはしないかと今から心配だと秘《ひそ》かに思う。

「知っているも何も、この人は有名人だ。あるときを境に突然画壇から姿を消したが、少しでも日本画を知っている者なら誰でもわかる」

「俺、興味ねえんで知らねえッス」

「ああ……そうだよな。まあ、普通、お前くらい若いのなら知らなくて当然だ」

日永という男は光を馬鹿にするでも嘲《あざけ》るでもなく、生真面目《きまじめ》に頷いている。服装からしても雰囲気からしても、光とは対照的で、この人も光が言っていた苦手な部類に入るのだろうと想像がついた。

光はなぜか焦《あせ》ったように茶髪を掻《か》き乱《みだ》している。視線はうろついていて落ち着きがない。

「ってか、どーして日永さんここにいるんスか……」

「ここへは時々来るんだ。今は特に、ずっと緊張状態だからね。少しでも息抜きをしないと、どうにかなっちまうよ」

龍二《りゅうじ》が撃たれ、組織内に内通者がいるともなれば、皆ピリピリするのも当然だ。しかし息抜きに公園にやって来るヤクザというのも、なかなかシュールな気がする。

「知らなかったッス。はあ……どうしよう……龍一《りゅういち》さんに、組員との接触禁じられてるっつーのに」

「おや。そうだったのか」

それは映も初耳だ。そんな制約があったとは聞いていなかった。

といっても、日常生活を送る上で、そんなにホイホイとヤクザの組員に出会うわけでもない。光もそう思ってさして注意はしていなかったのだろう。

「事情は知らないけど、俺がここへ来て君らと会ったのは偶然だし、仕方がないよ。誰かのせいじゃない」

「そりゃそーなんスけど……」

龍二の命令に忠実過ぎる光は、自分が言いつけを守れなかったことに、ひどく落ち着かないようだ。

「というか、お前は夏川さんと何をしているんだ？」

「俺、この人の用心棒ッス。若頭と、龍一さんに頼まれて」

「用心棒？　彼は誰かに狙《ねら》われているのか」

「いや、そうじゃねえんスけど……」

光は口ごもった。彼の嫌悪している男同士の関係性というものをどう説明しようか迷っているのかもしれない。

変にぶっ飛んだことを言われても困るので、映は自《みずか》ら後を引き取る。

「あの、俺、龍二さんと何回か会ったことあるんで……今回のことで、こっちにも危害が及ぶ可能性があるかもしれないからって、彼を寄越されたんです」

「それじゃ若頭が、光をあなたにつけさせたんですか」

「違うッス。そりゃ、最終的に命令したのは若頭ッスけど……」

光はちらりと映を見て、これみよがしにため息をつく。

「この人、龍一さんのコレなんで」

そう言って小指を立てる。若いのにだいぶ古風な表現である。

そしてさほど若くもない日永はその意味を了解し、目を丸くして映を見た。思わずという感じで全身を観察し、やはり男だと確認すると、はてと首を傾げる。

「龍一は……そうじゃなかったと思ったが」

「この人がプロなんス。あの若頭だってイカレてんだ。日永さんも、あんま見つめない方がいいッス。魂抜かれるッス」

おい、俺は妖怪《ようかい》か。と何度目かわからないツッコミを心の中でしつつ、こうして客観的に言われてみれば、関東広域系ヤクザの若頭とその兄にちょっかいを出されている自分は、確かにプロ並みの妖怪なのかもしれない、とも思う。

「あの……何だかすみません。俺、大事な若い方を借りてしまっている状態で」

「ああ、いや、いいんですよ。こいつなんて現場にいたって役に立ちゃしないんです」

光は日永の言葉にそっぽを向いて無言である。表情は雄弁でも、目上の人間なので反論できないのだろう。

「しかし、まさかあなたのような人が、龍一の相手になるとは思いませんでした。繋《つな》がりなんてまったくないと思っていたので」

「あの……実は、俺の兄が、彼の大学の同級生だったんです」

「え、そうだったんですか！」

日永はやや興奮した面持《おもも》ちで自分の顔を撫《な》でている。

「それは知らなかったな……それじゃ、あなたのお兄様が龍一を紹介したということですか？」

「ああ、いえ、そういうわけじゃないんですが……まあ、色々あって、知り合って。兄ももちろん無関係じゃないです」

雪也《ゆきや》との馴《な》れ初《そ》めは初対面の人間に語るにはあまりにも突飛過《とっぴす》ぎて、どう話したらよいのかわからない。まさか最初の方は記憶喪失になっていたなどとも言えず、言ったとしても嘘《うそ》のような話だし、仮にも組織の組長の息子の面子《メンツ》を汚すようなことは口にしない方がいいだろう。

「日永さんは、彼のことはよく知っているんですか」

「龍一ですか？　まあ……そうですね。子どもの頃からよく見ていますが……よく知っているか、と言われると、どうでしょうね」

微妙な言い回しである。普段から物事をはっきり言うことを避けるタイプなのか。

「え、でも、日永さん、組の中じゃ誰より知ってると思うッス。若頭が、龍一さんは誰より日永さんを慕ってたって」

「おい、光……」

「龍一さん、日永さんにめっちゃ影響受けてたらしいって言ってたッス」

日永は目を伏せて苦笑する。それが照れ隠しなのか、光のバカ正直さに呆《あき》れているのかはわからない。恐らく十中八九後者である。

「光。お前、ちょっと離れたところで見張ってろ」

「へ?」

「少し距離があった方が見晴らしがよくていいだろ。今は俺もいるから大丈夫だ」

突然の命令に納得がいかない顔をしていたが、本部長の指示なので光は従うしかない。

不承不承といった様子で映たちから少し距離を取ると、日永は映の隣にさり気なく腰を下ろし、フウ、と軽く息を落とした。

「あいつ、いい奴《やつ》なんですがね。少し喋《しゃべ》り過ぎるところがあるからなあ」

「はは。正直ですよね」

「迷惑をかけていませんか」

「いえいえ、全然。家事も完璧《かんぺき》にやってくれますし……」

と言いかけて、光が用心棒で来ているという説明だったことを思い出し、映は慌てた。

面子にこだわるヤクザが家事手伝いのような真似《まね》をさせられて突然キレられたら、モヤシの身では東京湾に沈められるしかない。

「す、すみません、彼にそんなことまでやらせてしまって……」

「いえ、あいつは命令以外のことはしませんから、家事をしているならそう言われたんでしょう。謝る必要はありません」

　光の忠犬ぶりは日永も知っているらしい。顔を合わせたときの反応を見るとさほど深い付き合いではないようだが、あらかたの組員の情報は把握しているのだろうか。

「しかし、本当に驚きました。あなたのような人と、龍一が繋がっていただなんて。世間は狭いんですね」

「すみません……何か、俺みたいなのが」

「いえいえ、逆ですよ。あなたは俺たちのような闇社会《やみしゃかい》で生きている連中が触っていい人じゃない。まあ……龍一は一応カタギの仕事をしていますが……それでも、ヤクザの家に生まれた人間ですから」

　そんなことをヤクザ自身が言うとは少し驚きだった。雪也が昔から慕っている存在だと光は言っていたが、言葉の中にヤクザへの否定的な感情が見える。

「っていうか……俺のこと、よく知ってましたね。日本画、よくご存知のようですけど」

「趣味なんです。芸術とか、文学とか、そういうものが。こういう世界で生きていると、何か別の場所に心を飛ばしたくなるというか。俺は、親父《おやじ》の影響だったかもしれないですけれどね」

「へえ、そうなんですね……龍一さん、も、絵に興味があったみたいです」

「ええ、あいつもそうですね。組長が骨董品《こっとうひん》やら掛け軸やら、やっぱりそういうものが好きで集めているんですよ。それと、まあ、俺の影響も多少はあるのかもしれません。光が言っていたようにね」

　離れたところからこちらを見守っている光は、落ち着きのない様子でソワソワしている。そんな強面《こわもて》で挙動不審な仕草をしていたら警察に職務質問されてしまいそうで、こちらもソワソワする。

　日永は一向に光の様子など気にせず話し続けている。

「ヤクザってやつはそもそも金目のものが好きですから。あと、面子とかそういうものを大事にしますし、とにかくハッタリが大切なんでしょうね。それもあって、世間的に価値のあるものを欲しがるんです。品がないですが、よく任侠《にんきょう》映画なんかでも言うでしょう。ヤクザになって成功して、いいオンナといいクルマに乗りたいとか何とか」

「はあ、なるほど……確かに、そういう場面じゃ立派な掛け軸だの壺《つぼ》だのがあるような気がしますね」

「大概は本当の価値なんかわかっちゃいない連中ばかりですよ。見栄《みえ》の世界なんです、あそこは。正しいか正しくないか、本物か本物じゃないかはあまり関係がない。夏川さんのいるような芸術の世界とはまったく違います。まあ、こちらはこちらで美学というものもありますが、それに価値を見いだせるかどうかは個人の問題でしょうね」

　そこかしこにヤクザの世界への皮肉が滲《にじ》む日永に、映はふしぎな感覚を覚える。

その風体といい雰囲気といい、話す内容といい、好き好んでその界隈《かいわい》にいるわけではないのかもしれない。しかし、やはりそこまで突っ込んだことを訊《たず》ねるのは憚《はばか》られる空気があって直接訊ねられない。

何となく黙ってしまった映を見て、日永は「すみません」と頭を下げる。

「長々とお邪魔してしまって……せっかく絵を描かれている最中だったのに」

「あ、いいえ、とんでもないです。大丈夫ですよ」

「それは、個展にでも出される作品ですか？」

「いや、そういうわけじゃないんですが……ちょっと、頼まれものでして」

「頼まれもの……」

サッと日永の顔色が変わる。

「すごいですね……。あなたに絵を頼める人がいるだなんて」

以前も誰かこれと同じようなリアクションをした人間がいたような気がする。雪也だっただろうか。

自分が誰かのために絵を描くということはそんなにも大問題なのか。周りのこういった反応を見る度に、自分の意識とのズレを感じる。

「それでは、しばらくはここに通って絵を描くということでしょうか」

「ええ、そうですね。なるべく早く完成させたいので」

「楽しみだなあ……まさかこんなところで、あの夏川映の絵の過程を見られるとは思っていませんでしたよ」

感じ入ったように呟《つぶや》いているが、絵の過程を見られる、ということは、明日以降も来るつもりなのだろうか。

「光のことですが、失礼をたくさん働くでしょうが、どうか許してやってください。ああいう馬鹿だが素直な奴は、とんでもないこともしますが、絶対に裏切りませんので」

「そんな、失礼だなんて。彼は本当によくやってくれていますから……俺もできれば本来の仕事をさせてあげたいんですけれど」

「いいんです、今回あいつは組を離れていた方が」

「え……そうなんですか」

「純粋な奴ですからね。利用されたら気の毒です。今回の件は、あらかた龍一に聞いていますか？」

ええ、少しは、と生返事をする。本当は、ほとんどの情報は光からだったのだが、それを言うと後で彼が叱《しか》られてしまうだろう。

「若頭がやられたとき相当頭に血が上っていて、一人で相手の組織に突っ込んでいきかねない様子だったので、それもあってこちらに配置されたんだと思いますよ」

「ああ、なるほど……」

「でも、今日見たら少し落ち着いていたので安心しました。どうぞ、こき使ってやってください」

日永は最後まで低姿勢で深々と頭を下げ、去っていった。

帰り際に光の方へ合図をし、それに気づくとすぐに彼は走り寄ってくる。

「夏川さん。大丈夫でしたか」

「いや、そりゃ大丈夫だよ。あの人、同じ組の人だろ」

「そうなんスけど……俺的に、あの人だって十分怪しいと思ってるんで」

「ああ……内通者の話ね」

やはり光は日永が苦手のようだ。予想通り過ぎて何の驚きもない。

「結局、そいつって相手の黒竹会《くろたけかい》っていうのと組んで何しようとしてんのかね」

「知らねえッス。そんな奴が何考えてるかなんて、全然わからねえし、わかりたくもねえッスから」

「だけど、そういうことも考えねえと、内通者が誰か見当がつかないんじゃないか？」

映の問いかけに光は腕を組んで考え込む。これでもかというほど眉間《みけん》にしわを寄せ唸《うな》っている。そんなに難しいことを聞いただろうか。

「俺、細けぇこと考えるの苦手なんで……でも、少なくともそいつは俺みてぇな馬鹿じゃねえッス。相手に自分の考えてること、悟らせねえくらいの大嘘つきッス」

光の言葉は単純なだけに的を射ているような気がする。今幹部が全力で調査しているだろうが未《いま》だ尻尾を摑《つか》ませていないのだから、かなり用意周到な人物に違いない。そして、物々しい空気の中でも平然としていられる胆力の持ち主だ。

今雪也が帰っている組織の中に、大嘘つきがいる。敵対している組と内通し、何かをしでかそうとしている、トリックスターが。

＊＊＊

翌日、思いがけない展開があった。

昼近くなってからノロノロと起きてみると、リビングのソファにいるはずのない人物が悠然と座っていたのである。

「あれ……？　何でいいんの？」

「俺がいると、都合が悪いことでもあるんですか？　映さん」

麻布《あざぶ》の実家に帰っているはずの雪也が、なぜか汐留《しおどめ》のマンションに戻ってきている。

寝ぼけた頭では理解しきれず、思わず呆然《ぼうぜん》と立ち尽くす。

「え、まさか、もう色々と解決しちゃったの？」

「そんなわけないじゃないですか。少し時間ができたので、一時的に様子を見に来ただけですよ」

「ああ、そう……って、そういえば、光は？」

「あいつには龍二の見舞いに行かせてやりました。あんまり長く引き離すのも可哀想《かわいそう》ですからね」

そんな仏心が雪也にあったとはびっくりである。少なくとも、微笑を浮かべつつ目が笑っていないその表情は、映にとって優しくない展開を想像させるには十分だった。

「ええと……もしかして、何か怒ってる？」

「まあ、怒っているというか何というか……とりあえず、俺がいない間にパトロンに会った理由を説明をしてもらえますか？」

来た。来ると思っていたがやはり来てしまった。

心の中で光をめちゃくちゃに罵倒《ばとう》したくなったが、しかしこれは彼の役割であり義務であり、上司に報告することは決して間違ってはいない。アウトローの世界といえども、上下関係のある縦社会なのだから、いわゆるほうれんそうは必須《ひっす》なのだ。だから光は何も悪くない――と思いつつ、やはり恨み骨髄である。今度キスでもしてやろうか。

「あの……どういう風に話聞いてんの？」

「パトロンから電話がかかってきたんでしょう？　あなたはそれに出て、翌日事務所で会う約束をした。そして、絵を描いて欲しいと頼まれて、それを承諾した」

「あ……うん。そう。そういうことなんだけど……」

「何も悪いことはしていないと思っていますか？　けれど、俺は確かあなたにパトロンと会うことを禁じていたはずですよね？」

淡々と、段階を踏んで追い詰めてくる。とても辛い。じわじわと来るのが辛い。

けれどとりあえず言うべきことは言っておかなければならない。百パーセント言っても無駄なのだが、そういう無駄なことをしたくなるのが人間というものなのだ。

「言っても信じてもらえねえと思うけど、こないだ会った人っていうのは、俺に体を要求したことは一度もない人だ。昔から世話になってる、純粋に俺の絵が好きな人で……だから、会った」

「なるほどなるほど……そうだったんですか」

形式的に頷いてみせる。とても心のこもっていないビジネスライクな表情だ。

「百歩譲ってあなたの言い分を信じるとしても、俺が言った『パトロンと会うな』という条件には反していますよね？　それはわかっているでしょう？」

「それは、そうなんだけど……あの人、持病悪くして、今度手術するんだ。だから、俺ができることしてやりたかった」

「お優しいですね。あなたにそんな奉仕の精神があるとは知りませんでした」

雪也はハハッと笑う。目は引き続き笑っていない。

「色々と事情があるとしても、あなたには俺との約束を守っていただきたかったですね。特に今はこういうときですから、俺の目を盗んで会ったと思われても仕方がないとは思いませんか」

「うん……わかってる。電話……そもそも、出なきゃよかったな、って……」

素直な気持ちを話す。取り繕《とつくろ》っても千里眼で見透かされるので、今映にできることはせめて馬鹿正直になることだけである。

「だけど、俺はあの人のために絵を描くことを後悔してないよ。時期は微妙過ぎたけど、病気は待っちゃくれないし」

「そんなに深刻な状態なんですか」

「いや、わかんねえ。見た目は少なくとも普通だったし、自分で歩いてたからそれほどでもないかもしんねえけど……」

そうですか、と雪也は呟き、肘掛《ひじか》けに寄りかかって額《ひたい》に手を当てる。

「まあ、映さんの心情はわかりますよ。理解できます。でも、後ろ暗いところがないのなら、自分から俺に話して欲しかったですね。今まで何回、俺はあなたに電話しましたか？　離れてから毎日かけていましたよね。そのとき、なぜ報告してくれなかったんですか」

「だ、だって……あんた絶対怒ると思ったし……」

「同じ怒られるのなら、自分から話して怒られた方がいいと思いませんか。俺だって、あなたがパトロンと会っていたなんて、第三者から聞きたくなかったですよ。心証が悪くなるに決まっているじゃないですか」

「うん……ごめん。俺が悪い。ほんとごめん」

ひたすら従順に謝り倒す。しかし過剰に謝り過ぎると、「ごめんって言えばいいと思ってるんでしょう」と面倒くさい女のようなことを言い出すに決まっているので、適度に謝罪の言葉を口にする。

「まあ……今あなたが話したことは光の報告と一致します。自ら話さなかったことは問題だとしても、せめて正直になったことは評価しましょう」

完全なる上から目線にも抗《あらが》わず、ハイ、と神妙な顔で頷いてみせる。

すると、ふと雪也はきつかった目つきを緩ませて映を見た。

一瞬で変わったその表情に、ドキリとする。

「さて……お説教はこのくらいにしておきましょうか。四日ぶりですからね」

ソファに座ったまま、映に向かって両手を広げる。映は何も言わず、勢いよくその胸に飛び込んだ。

シャツの首筋から、雪也の匂《にお》いがする。分厚い胸板の感触。衣服越しに感じる熱い体温。会わなかったのはたった数日のはずなのに、五感で雪也を感じる例えようもない幸福感に、自分がひどく飢えていたことを実感する。

雪也は強く映を抱き締め、首筋に鼻先を埋《うず》め深く呼吸した。

「寂しかったですか?」

「そりゃ……そうだよ。あんたは平気だったのか」

「そんなわけないでしょう」

大きな手のひらが映の頬《ほお》を撫でる。その久しぶりの感触に陶然として目を閉じると、すぐに熱い唇に覆われた。

情熱的な口づけ。ぬるりと忍び込む舌先の感触だけで、腰が震える。

(あ……すげえ、久しぶりの、雪也のキス……)

四日ぶりに味わう恋人の唇は、ひどく甘かった。雪也は丁寧に、丹念に映の口を吸いながら、熱く深く、呼吸まで貪《むさぼ》るような激しいものに変わってゆく。

頬が熱い。微《かす》かに水音をさせながら散々口腔《こうこう》を愛撫《あいぶ》され、軽く酸欠になって頭の奥が痺《しび》れ、目の前が霞《かす》み始めたときには、すっかり雪也の腕の中で骨のない軟体動物のように蕩《とろ》けている。

「映さん……大丈夫ですか」

「ん……、雪也のキス、長過ぎ……」

すみません、と笑いながら雪也は映に愛《いと》おしげに頬ずりする。そして耳元にキスをして甘く囁《ささや》く。

「ベッドに行きましょうか」

「帰んないで、いいのかよ……」

「夜までに戻れば大丈夫です。心配しないで」

映の返事を聞く前に、軽々と抱き上げられる。

寝室に入り、ベッドに横たえられ、すぐにその上からのしかかってきて、再び唇を貪られた。

目方が倍ほどもある男に押しつぶされる重み。その心地よさ。

心では華奢《きゃしゃ》な美少年を求めている映が、体では雪也に肉体の隅々まで犯されることを願っている。

その矛盾に、胸の奥が軋《きし》む。けれどその痛みすら快感に変わる。

「欲しかったですか」

至近距離から見つめられ熱く囁かれれば、喉《のど》が渇くような欲情を覚える。

「そりゃ……そうだよ。こんな間空くの、久しぶりだし……」

「自分でしましたか」

「しねえよ……光がいるのに、できねえし」

え、と雪也が固まる。

「まさか、一緒の部屋で寝てるんですか」

「いや、隣の部屋だけど……オナニーなんかして変な声出したら、問答無用で飛び込んでくるだろうし」

確かに……と頷き、ややホッとした顔で雪也は映を抱き締める。

「ないとは思いつつ、やっぱり心配してましたから……」

「光か？　冗談言うなよ……あいつ、俺が雪也と電話する度苦虫嚙《か》み潰《つぶ》したような目で見てくんだぜ」

「電話でも嫌ですか……まあ、それを知っていたからあなたの護衛につけたんですが」

やはりそこは雪也である。嫉妬《しっと》の権化《ごんげ》は普通の男ならば決して映の側には置かせないだろう。

「あなたという人は本当に何をしでかすかわかりませんから……放っておけません」

「それなら、早く解決して戻ってくればいいだろ」

「……そうですね。その通りです」

駄々っ子のような口ぶりに、雪也は目を細めて微笑《ほほえ》む。

雪也の分厚い体を抱き締めながら、離れたくないと強く思う。こうして思うように会えない日々が、あとどのくらい続くのだろうか。

「やっぱ、寂しいよ……こうしてると、実感する。雪也が側にいるのが、俺の日常なんだって」

「映さん……」

「無茶しないで……怪我《けが》とかしないで、早く帰ってきて……」

無意識のうちに、声がか細く揺れている。こんな弱い自分は嫌なのに、どうしても隠しきれない心細さが滲んでしまう。

「あまり可愛《かわい》いことを言わないでください、映さん……」

雪也の息が乱れ、折れそうになるほどきつく抱き締められる。執拗《しつよう》に唇を吸われながら、あっという間に衣服を剝《む》かれてゆく。雪也自身も性急に服を脱ぎ、肌と肌を直接擦り合わせる。

雪也の乾いたなめし革のような皮膚の感触が心地いい。いつまでも抱き合っていたい。ずっと触れ合って、もつれ合って、重なり合ったまま眠りたい。

絶え間なく唇を吸い合いながら、互いの勃起《ぼっき》したものを擦りつけつつ、体を確かめ合う。

裸の肌を余すところなく撫で回し、ここのところいつもしていた通り、後ろを解《ほぐ》しながら前を愛撫しようとする雪也を、映は思わず押しとどめた。

「なあ……、前、触んなくて、いい……」

「え……、どうしてですか」

「早く抱かれたいから……時間ないだろうし、前戯なんかいらない。早く、あんたと繋がりたいから……」

雪也の喉がゴクリと鳴った。

「今日の映さんは、危険ですね……ヤバイです」

「そうか……？　思ったこと、言ってるだけだけど……」

「もしかすると、たまには離れてみるのも、いいかもしれないですね……こんなに可愛い映さんが見られるんなら……」

雪也はやけに嬉《うれ》しそうに息を荒らげながら、映のそこをローションで濡《ぬ》らす。丹念に入り口を拡《ひろ》げつつ、指を増やし、性器の付け根のしこりを巧みに愛撫する。

じんわりとした快感が腰全体に広がり、甘い疼《うず》きが喉元まで迫り上がってくる。中でバラバラに動く雪也の長い指が粘膜を擦る度、早くあの暴力的なものでメチャクチャにされたいという興奮で頭がおかしくなりそうになる。

「も、いい……もう、十分だから……」

「でも、久しぶりですから……」

「そんな三日や四日じゃ変わんねえよ……早く、欲しい……」

焦《じ》れて涙に潤んだ目で雪也を見つめると、上ずった声で「わかりました」と呟き、ガチガチに勃起しているものをローションに塗れさせる。

その逞《たくま》しいものを見て、それに奥を突かれたらと想像するだけで、軽くイきそうになった。散々味わっているはずの感覚なのに、いつまでも慣れることはなく、何度でもその快感が欲しくなる。嫌というほど、溺《おぼ》れたくなる。

「じゃあ、入れますよ……」

「うん、うん……早く……っ」

脚を抱え上げられると、たまらず雪也の首にしがみついてねだってしまう。

緩く口を開けた場所へ押し当てられる感覚から、ずにゅりと丸い大きな亀頭《きとう》を呑《の》み込《こ》まされる快感。全身が一気に熱を上げ、相反するような寒気とともに、ぶわっと発汗するのがわかる。

「あ……、あ、ぃ、いい……」

「大丈夫ですか？　映さん……」

「いい……平気……奥まで、来て……」

誘われるままに、雪也はゆっくりと腰を進める。太いものにぬかるんだ道をみっちりと満たされ、押し広げられてゆく甘い甘い快楽。ローションでぬめる男根がぐちぐちと濡れた肉を潰すような音を立てて埋没してゆく恍惚《こうこつ》。

やがてずっぷりと最奥《さいおう》まで嵌《は》め込《こ》まれる感覚に出会うと、映は恋人を固く抱きしめたまま、小さく震えて軽く達した。

「あ、はぁ……、あ、すごい……」

「やっぱり、すごく、きつい、ですよ……あなたの体は薄情だから……すぐに俺を忘れてしまう……」

「こんなもん、ずっと覚えてたら……日常生活、できねえだろうが……」

腹全体が持ち上げられるような感覚になるほどの巨根である。女のようにそのために造られていない男の体では、すぐに元の形に戻ろうとしてしまう。

だからこそその度に快感が鮮やかに身内に響き渡る。幾度もの経験を経た熟《う》れた体でも、受け入れる度に肉体は驚き、戦慄《せんりつ》する。

「俺はいつでも、自分をあなたの奥深くに刻みつけたいと思って抱いているんですけどね……なかなか、そうはいかないのかな……」

ずっぷりと深くまで埋めたまま、雪也が腰を回す。突き当たりの敏感な粘膜が握りこぶしのような亀頭に掻き回され、捏《こ》ね上《あ》げられ、映は仰《あお》のいて痙攣《けいれん》する。

「んぅ、う、あ、そ、それ、ヤバ、あ、ふぁ」

「いいですか……? 好きでしょう? これ……」

「い、いぃ……、けど、あ、そんな、強くしちゃ、あ、ひ、あ」

ぐぷぐぷと腹の奥で蕩けた肉壁のいじめられる音がする。軽く腰を抜き差しされて、じゅっ

ぽじゅっぽとローションの音が粘り、反り返る逞しい幹に直腸全体が捲《まく》り上《あ》げられる。

「ひあっ、あ、あぁ、ふあっ、あ、い、いぃ、あっ」

「感じて、ますね……すごい、いい声です……、あぁ、最高だ……」

雪也はうっとりと囁き、紅潮した顔で映を凝視しながら、顔中を舐《な》め回《まわ》しつつ、次第に激しく揺れてゆく。

「んうぅっ！　ううっ、あっ、あ、ひあっ、あ、はあっ」

「はあ……、映さん、映さん……っ」

キングサイズのベッドが激しく軋む。ぐっちゃぐっちゃと物凄《ものすご》い音が響き、シーツの上に夥《おびただ》しいローションと体液が飛び散る。

ズンズンと奥を重く突かれる度、鮮烈な絶頂感が下腹部に弾《はじ》け、簡単に意識が飛びそうになる。雪也のものは長いので、容易《たやす》く普通は届かないはずの場所に到達してしまい、しかも抉《えぐ》るように食い込んでくる。それが、言葉にできない恐ろしいほどの快感だった。

「あっ、ひ、あ、あぅ、あ、深いぃ、あ、あ」

「深いの、好き、ですよね……」

「だって、こ、こんなの、普通じゃ、ない、あ、ヒ、あ、あ、ぁ……」

小刻みに立て続けにグポグポと最奥に嵌め込まれて、映は背筋を反り返らせて、大きく飛んだ。

（あ……ヤバイ……吹っ飛ぶ……）

胸の辺りまで精液が飛んだのがわかった。ギュウギュウと雪也を締め付けてしまい、その太さにまた四肢の先まで痺れが走り、全身を汗みずくにして途切れぬオーガズムを味わう。

「映さんの、達してる顔、すごく好きですよ……壮絶に色っぽいです……めちゃくちゃ腰にクる……」

達し続ける映を抱き締め、雪也は声を震わせて囁く。

「こんなに、最高なこと……俺もあなたも、よく我慢できましたよね……四日間なんて、長過ぎでしたよ……」

「あ……は、ぁ……、ン……」

恍惚に震えている舌を、乱暴に吸われる。食らいつくような口づけをしながら、雪也は獰猛《どうもう》に動き始める。

「はあ、あぁ、映さん……、もっと、イってください……たくさん、俺ので……頭がおかしくなるまで……」

「ふぁ、あ、ん、んぅ、う、雪、也……」

逞しい腰から繰り出される突きに、映は面白いように揺すぶられる。ガッチリと抱き込まれ、体を折り曲げられて、深々と太いペニスを捩《ね》じ入《い》れられながら、これでもかというほど奥の弾力のある腸壁をいじめ倒される。

目の前に火花が飛び、開けっ放しの口からは涎《よだれ》がこぼれ、映は受け止めきれない絶頂に絶叫する。

「んんっ！　んぅ、ふうっ、う、あっ、あぐ、あ、んああっ！」

「はあ、はあっ、ああ、すごい、映さん、映さん……」

　ぐちゃぐちゃジュボジュボと露骨な水音を垂れ流し、長大な男根が映の体を蹂躙《じゅうりん》する。アナルを痛々しいほど限界まで引き伸ばし、腹の奥まで呑み込ませ、みだらに熟れた粘膜を貪欲《どんよく》に掻き乱す。

「はあ、あ、あっ、雪也、あ、あ」

「く、あ、はぁ、ああ、俺も、一度、出しますね……」

「あっ、あ、そ、んな、奥で、あ……」

　雪也は最奥まで突っ込んだまま小刻みに動き、そのまま深い場所でどぷどぷと濃いものを大量に吐き出す。

「ヒッ……、あ、や、やぁ……」

　小さく高い悲鳴とともに、ビュルルっと映のペニスが潮を噴く。

　どうしても中で射精されるとこうなってしまう。自分ではどうにもならない厄介《やっかい》な癖だった。

「う……、ま、また、奥で、出しやがって……」

「すみません……我慢できなかったもので」

　わざとらしい嘘をつきながら、射精して萎《な》えるどころかますます太く漲《みなぎ》るもので、ゆっくりと中を掻き回す。

「時間まで……たっぷり愛してあげますから……たくさん、味わってくださいね……」

「……馬鹿……味わうとか、言うな……」

「だって、味わってるじゃないですか……美味《おい》しそうに、しゃぶりついてきますよ……映さんのココ……」

相変わらずオヤジ臭い台詞《せりふ》を垂れながら、ねっとりとした動きで精液とローションでぐちゃぐちゃの媚肉《びにく》を捏ね回す。

映は甘い声を上げて腰をくねらせ、全身で雪也に抱きつき、そのご馳走《ちそう》に舌鼓《したつづみ》を打つのだった。

＊＊＊

ひとしきり久しぶりの交わりを堪能《たんのう》した後、濡れた体を寄せ合い、映はうつらうつらとしていた。

雪也とのセックスはひどく疲労する。動いているのは主に雪也の方なのだが、映はイき過ぎて疲れるのだ。普通に前で射精するのとは違って、後ろで絶頂に達し続けると常時体が緊張と弛緩《しかん》を繰り返すので過剰に疲弊する。

ふと、雪也が思い出したように問いかける。

「そういえば、日永さんと会ったようですね」

「ん……？　ああ、あの人……」

光が、雪也がいちばん組で慕っていたと言っていたあの男だ。映も聞いてみたいと思っていたのだが、パトロンの件で震え上がり、その後久々のセックスで夢中になって、すっかり忘れてしまっていた。

「会ったのは多分偶然なんだけどな……日永って人、何か俺のこと知ってたぞ」

「ああ、そうでしょうね。絵画には造詣《ぞうけい》のある人です。あなたに会えて、喜んでいたでしょう」

「さあ……どうなんだろ。でも、まあそうかも。何か色々喋ってったよ」

「普段はそう無駄に口を開くような人じゃありません。やっぱり、あなたに会えて興奮していたんだと思いますよ」

汗に濡れて額に張り付いた髪を脇《わき》へ除《の》けてやりながら雪也は微笑む。

「俺には、あなたに会ったとだけ伝えてきました。他は何も言わなかったのでどんな話をしたのかわからなかったのですが……」

「まあ、俺と光が一緒にいる理由とか説明したから、結局あんたとの関係も言っちゃったんだけど……大丈夫だった？」

「ええ、俺は構いませんよ」

雪也はケロリとしている。

「特に隠してもいませんし。何より、龍二の奴が子猫ちゃん子猫ちゃんとうるさかったようですから、組の中でも知っている奴は知っているでしょう」

「マジか……そういうのって、その、雪也んち的にセーフなの？」

「セーフも何も……まあ、ヤクザ自体が、ちょっと疑似同性愛に近い世界ですからね。刑務所に入ることもよくありますし、元々普通でも、中でそういうことを覚えて出てくる奴も多いんで。さほど珍しいものでもありません」

「ああ、なるほど……」

光がホモ嫌いになった理由もその辺だと聞いていたが、同性愛に染まってしまう者と、染まらない者とでは何が違うのだろう。染まり切っている身ではもうよくわからない。

「でも、雪也だって嫌がってたじゃん」

「俺は、別に……自分がそうじゃなかっただけなんで」

「今じゃこんななのにな」

ふざけて軽くキスをすると、仕返しにがっぷり食いつかれる。

「言ってたでしょ。俺にとってあなたは男じゃないんだって」

「うん……まあ、そういうことにしとく」

「疑り深《うたぐ　ぶか》いですね……とにかくあなたは俺にとって例外であり特別なんです。他の男となんて考えたくもありませんよ」

疑り深いのはどちらの方だ、と思うものの、映がふしぎに思うのは、自分自身にとっては映が特別で他の男は違うと主張しているのに、どうして光が自分と同じにならないと考えられるのだろうか、ということだ。

　同性愛者をどちらかといえば避けている自分が男の映とこういう関係になっているのに、光は違うとなぜ思えるのだろう。などと口にしてしまうと面倒くさい展開になりそうな気がしたので黙っている。

「そういえばさ、光が何か、苦手だったみたいだけど。日永さんのこと」

「え、そうなんですか？　まあ……確かに馬が合うとは思えませんが」

「龍二さんの右腕みたいな人も苦手だって言ってた。日永さんと似てるのか？」

「良輔《りょうすけ》ですか。俺は似ているとは思いませんが……光からしてみればそうなのかもしれませんね」

　少し考えるような顔をした後、はたと気づいたように怪訝《けげん》な目で映を見る。

「というか、あなたもう光を呼び捨てにしてるんですか」

「あ。えーと、だって、あいつ随分歳下《としした》だしさ……何か口調とか体育会系っつーか……こっちも何となくそういう感じになっちゃって、自然とさ」

「ふうん。ま、いいですけど……」

　雪也は探るような目つきで映を観察する。

「あんまり馴れ合わないようにしてくださいね。まさかあいつがどうこうなるわけはないと思いますが……念のため」

「大丈夫だって……そんなに心配ならちょくちょく様子見に来いよ。あいつ全部顔に出るから、もし俺と何かあったら絶対あんたに隠せねえし」

それもそうですね、と雪也はあっさり頷く。

「正直、光は素直過ぎるところが強みでもあり弱みでもあるんです。ハッタリをかまさなきゃいけない場面や隠さなければならない事案があるときには、あいつはいない方がいい」

「あのさ、ぶっちゃけあいつヤクザ向いてなくない？　何でこの世界入ったの」

「俺も詳しくは知りません。あの通り感情は隠せないし手も早い。マエもあるし、色々世間でうまくいかずに、こちらに辿《たど》り着《つ》いたよくあるパターンじゃないですか」

「ふうん……そういうもんか」

光ほどの素直な性格は一般社会でもそうそう見ないような気がする。騙《だま》されてヤクザになったのではないかと思うほどだが、それは馬鹿にし過ぎだろうか。

「ざっくり言えば、そういう連中を受け入れる最後の場所なんですよ、ヤクザっていうのは。人間どうしても一度過《あやま》ちを犯すと元には戻れないものです。周りが許さないんですよね。マエがあると知った途端に態度が変わる。爪弾《つまはじ》きにされる。それが、ヤクザの世界だとマエがあるのはむしろ当然で誇りになるくらいですからね。自分の生きる場所はここしかない、と思っても仕方がありません。刑務所の中でこちらの人間と関係を作ることで、出た後になりやすいこともあります」

「前科がある奴、皆が皆ヤクザになるわけじゃないんだろ？　罪状にも重い軽いあるだろうし、やっぱり向き不向きありそうだし」

「こっちに向いてないのは宗教団体に行くんじゃないですか。どちらの世界も単純なのは信じればいいものがひとつだけ、という点です。宗教は教祖を、ヤクザはオヤジを信じればいい。それに従っていればいいんです。社会の複雑な仕組みから弾き出された奴らは、そういう場所の方が安心できるんですよ」

雪也の口からヤクザについての認識を初めて聞いたような気がする。ヤクザと宗教を似たものとして語る解釈は、映自身は思いつかないようなもので、新鮮さを覚えた。

その言葉から感じるのは、ある種の温かみと、そして諦観《ていかん》だ。ヤクザの家に生まれて、色々なものを見て様々な経験をした結果そういった認識になったのだろうが、そこにはやはり影響を受けたらしい日永の思想もあったのだろうか。

「雪也って、日永さんのこと慕ってたんだって？」

「光がそう言っていたんですか」

「龍二さんから、そう聞いたって」

「へえ……アイツ、そう思ってたのか」

「え、違うの？」

雪也は微笑し、少し懐かしげな顔をする。

「いえ、違いません。本当です。確かに、俺は組の中じゃ日永さんにいちばん懐いてたと思いますよ」

「何でだ？　趣味が合うからとか？」

「そうですね……何となく、波長があったんでしょうね」

雪也と日永は似ていただろうか。穏やかな物腰と滲む知性など、共通する点は多いような気がするが、雪也は陽で日永は陰という印象だ。

日永からはどこか拭《ぬぐ》いきれない陰のようなものを感じた。そういう部分は雪也にもないではないが、日永のように核から醸し出されるような、根源的な陰とは違う。

むしろそれは、映が自身と似た匂いをふと鼻先に嗅《か》ぐような、同族嫌悪のような若干の不快感があるものだった。

「実は、俺が実家を出ようとしていたとき、背中を押してくれたのはあの人なんですよ」

「えっ……、そうだったんだ」

普通は止めるのではないだろうか、と思うものの、日永のあのヤクザに対する微妙に批判じみた口ぶりを思い出すと、違和感はない。

「っていうか、いきなりおん出たわけじゃねえんだな。事前に日永さんに相談したってことと？」

「相談したというか、俺が話す前に、向こうが気づいたんです。随分煮詰まってるときだったんで……察してくれたんでしょうね」

映はふと、雪也が家を出るきっかけやそこに至る経緯などを何も知らないことに気がついた。というか、映自身が訊ねなかったこともあるが、基本的に雪也は昔のことや実家の話をしない。夏に鎌倉《かまくら》での依頼を進めていたとき、雪也の元カノに会ったが、それで少しだけ過去が垣間《かいま》見えたという程度だ。

「あのさ……そういえば俺、あんたが何で家出たのかとか、詳しい話聞いたことないんだけど。自由になりたかったから、とか言ってたか」

「そうでしたか？　少し話したような気もしますが……。まあ、理由はひとつじゃないんです。色々積み重なっていって、家を出る結論に至ったということなんですが……決定的なことは、仲間が一人死んだってことでしょうね」

そういえば、そのようなことを聞いたかもしれない。

ヤクザの世界では身近なことなのかもしれないが、人の死はやはり重い。それが身近な人間のものならば尚更《なおさら》だ。

「……そっか。結構、ヘビーだな……」

「そいつは一般人だったんですけどね。俺がヤクザの倅《せがれ》だったせいで、殺されたんです。黒竹会の下っ端が子飼いにしてた不良をぶちのめしたことがあって、それで上が面子《メンツ》のためにそいつを攫《さら》って殺した。俺を慕っていたせいで、死んじまったんです」

「それって……あんたのせいじゃないだろ」

「俺のせいですよ」

雪也ははっきりと言い切る。

「俺にもっと自覚があったら……馬鹿じゃなかったら……守れた命だったんです。何も考えずに暴れていたツケが、俺じゃなくそいつに回ってきた。ひどい話です」

そのときの状況を知らない映には何も言えない。

裸で抱き合いすべてをさらけ出しているというのに、こんなにもわからないことがあるだなんて、何だか滑稽《こっけい》だった。

「日永さんは……俺のそういう苦しみを、全部受けとめてくれた人でした。否定も、肯定もしなかった。ただ、『出ていってもいい、自分の道を行け』と言ってくれたんです」

「……本当に、雪也のこと理解してないと言えねえ台詞だな」

「ええ、そうですね……あの人は、俺の本質をわかってくれていたような気がします。まあ、それも願望でしかないんですけどね」

「願望？」

「あの人は、正直何を考えているかわからないところがあるんで。優しい言葉をかけてくれたかと思うと、いきなり突き放したりもする……そういう理不尽さもあった人でした」

なるほど、と何となく雪也が日永という男に惹《ひ》かれた理由が、今初めてわかったような気がした。

恐らく、雪也はただ優しいだけの相手ならば慕うほどにはならない。摑めない、理解できないような部分があってこそ、魅力を感じる傾向があるのではないか。この男には、何となくそういうところがあるような気がする。

「日永さんって、ちょっとの時間だけど話してて思ったのはさ、何かヤクザに否定的っていうか……厭世的《えんせいてき》っていうか。とにかく、それっぽくない人だった。俺のヤクザって単なるイメージだけど」

　そうでしょうね、と雪也は映の感想に同意する。

「あの人の父親は、昔抗争で命を落としているんです。だから、そのことでひどく苦しんだでしょう。ヤクザを憎んだと思いますよ。結局、同じ場所に戻ってきてしまった自分自身のことも」

「抗争で……マジか」

　やはり、そういうこともあるのか。わかっていても、怖くなる。今まさに、雪也はそういう場所に戻っているのだから。

「だからこそ、ヤクザの世界にいて、大切な者を失う恐怖を知っていた。俺がまた親しい誰かをなくすことを怖がっていたとき、それを敏感に感じ取ってくれたんです。出ていきたいなら、行けと。まだ選択肢があるうちに、自分で選べ、と」

　恐らく、日永は雪也の中にすでにある答えを知っていたのだろう。その上で、少しだけ背中を押したに過ぎない。

　そういうことができるのは、やはり雪也を熟知していたからに他ならない。雪也の方は日永をよく理解できていないというのに、なぜそんなにも彼は相手を把握することができたのだろう。

「何か……ちょっと、嫉妬しちまうな」

「嫉妬？　……日永さんにですか」

「だってあの人、俺が知らないあんたのこと全部知ってるし、あんたの中身まで理解してる。それに、あんた惚《ほ》れてるじゃん」

　雪也は目を丸くして、すぐに全力で否定にかかる。

「ほ、惚れてるって……違いますよ！　絶対そういう気持ちじゃありません！」

「わかってるって。好きとかじゃなくて、信頼って意味。でも、恋愛とかより、ずっと深い気がする。一時的なもんじゃなくて、もっと時間をかけて育ってきた絆《きずな》っていうか。そういうの、何か悔しいよ」

「映さん……」

　どうしたって映には手に入れられないものがそこにある。そんなものに嫉妬をしてもどうしようもないのはわかっているが、再び彼らの世界に帰っていこうとする直前の、この僅《わず》かな時間で、思わず正直な想《おも》いが口に出てしまう。

　正直、雪也にはそんな誰かはいないと思っていた。どちらかといえば冷淡で、人に頼らず、自分一人ですべてを決めてきたような人物だと決めつけていたのだ。

　だから、意外だった。その次に、悔しさが来た。

　雪也は映を『特別』だと言ったが、たとえ別の意味だったとしても、他にも『特別』がいたではないか、と感じたからだ。

(何だこれ。俺、らしくねぇな。嫉妬とか……しかも、恋愛関係の相手じゃねえっつうのに)

以前、雪也の元カノにも少し嫉妬の感情は覚えたことがある。彼女の隣にいる雪也を見て、お似合いだと思い、自分に引け目を感じたことも。

けれど、今映の胸の内にあるのは、それよりももっと強い、はっきりとした嫉妬という衝動だった。

けれどすぐに、幼い言葉を漏らしてしまったことを後悔する。

そのとき、突然雪也は映を抱き締め、熱烈に口を吸ってきた。

「んっ……、ぅ、な、何……」

「はあ……、可愛い、映さん……」

欲情を滲ませた深いキスに動揺する。

激しい情事の名残《なごり》にぽつりぽつりと語っていたものが、急に熱を帯びて再び接近してきたので、まさかと狼狽えた。

「え、おい……。もしかして、またする気か」

「だって、映さんがあんまり嬉しいことを言うので……仕方ないじゃないですか」

「いや、仕方なくない！　あんた、麻布に帰んなきゃだろ！　時間ねえだろ！」

「大丈夫です。すぐに終わりますから」

絶対に嘘である。一度始まったらこの絶倫男がすぐに終わるはずがないのだ。

こうなったらいくら映が拒否しようと止まるはずもない。

せめてどうかあと一回で済みますように、と祈りながら、映は極端に情熱的な男を受け入れた。

調査

麻布《あざぶ》の実家に戻ってきて、四日が過ぎた。

現状を知るべく日々組員を観察し人間関係を把握し、一応外部の人間であることを生かして方々へ足を運んでおかしな点がないか調べてはいるが、相手はなかなか尻尾《しっぽ》を摑《つか》ませてくれない。

（まさか組員全員に見張りつけるわけにもいかねえし……怪しそうな連中洗い出してみても結局何もねえ……）

しかし龍二《りゅうじ》のスケジュールを把握し行きつけの店の部屋や椅子《いす》の位置まで調べられるのはそう下っ端の人間ができることでもない。そうなると幹部クラスということもあり得るが、こちらはよほど慎重に調べなければ組織内に深刻な亀裂《きれつ》が入りかねない。

今日も「最近様子がおかしい」というタレコミのあった組員の行きつけのバーやクラブなどに行って探ってみたが、何も出てこない。わかったことは女に三股《みまた》をかけられた挙げ句に振られて情緒不安定になり、毎晩やけ酒を呷《あお》っているという、極めて個人的で気の毒な事情のみだった。

「今回も無駄足だったなあ」

一緒に調査をしている西原良輔《さいばらりょうすけ》は、昼食に入ったイタリアンレストランであくびを嚙《か》み殺《ころ》している。

本来ならばこういった地道な作業は部下に任せるものだが、今回は組長長男である雪也《ゆきや》まで駆り出されているので、大体良輔が雪也の相棒として同行し、聞き込みなどを行っている。そして事件の性質上、おいそれと他人任《ひとまか》せにはできないところがあった。

「前回はコソコソ出かけてくって奴《やつ》がいるってんで後つけたら兄貴分の女房と逢引《あいびき》してたりよ、その前の奴は中国人のグループと勝手にヤクさばいてたりよ……余計なもんばっか出てきやがって、肝心の内通者がサッパリだ」

「まあ、ちょっと早い年末の大掃除ってことでいいんじゃねえの。この機会に色々と綺麗《きれい》にしちまえばいい」

「こんなときに仕事増やされたくねえんだよ。お前、他人事だと思いやがって……」

確かに龍二の件が片付けば雪也はさっさと汐留《しおどめ》に戻るつもりでいるので、今回色々発覚してしまった面倒なことの処理は残った良輔や日永《ひなが》たちがこなすことになる。

若頭の命を危機に晒《さら》すほどの事件があり、内通者の存在が浮き彫りになったストレスの上、他にも小さな裏切りや組織のルールに反することをしでかしている組員たちがワラワラと出てきたので、良輔も参っているのだろう。

「そんだけ、教育が足りなかったってことだろ。龍二が適当だからいけねえんだよ」

「あいつだって一応仕事はしてたぞ。適当って言われちゃ、まあ、そうなんだが……」

　もちろんいちばん上で組を牛耳《ぎゅうじ》っているのは組長だが、現在若頭である龍二がほぼ全権を担《にな》って組を管理している。すべてに睨《にら》みを利かせて組員を掌握していなければならないが、関東有数の組織である白松組《しらまつぐみ》は一万人弱の構成員がおり、一人で末端まで把握するのは不可能だ。

　幹部それぞれが自分の組織を持ち、その幹部を率いるのが若頭である龍二なのだが、よくも悪くも適当な部分のある性格なので、完璧《かんぺき》に管理できているとは言《い》い難《がた》い。

「ところで、龍一《りゅういち》。昨日はお楽しみだったみてえじゃねえか」

　唐突にニヤリと笑い、良輔が顔を覗《のぞ》き込《こ》んでくる。

「戻ってきたの、夜中だろうが。もっと早く帰るっつってたのによ。よっぽど盛り上がっちまったのか？」

「……少しくらいそういうことでもしねえと、ストレスでおかしくなんだろうが」

「しっかし、驚いたよなあ。まさかお前が男に転ぶとはな」

　ここで良輔相手に「男じゃない」と主張してもまったく理解されないだろう。自分でも支離《しり》滅裂《めつれつ》な理論であることは一応わかっている。

「あの人は例外だ。別に男が好きになったわけじゃねえ」

「お前だけじゃねえよな。龍二もだ。お前ら女に不自由しねえくせに、そんなのまで取り込んじまうだなんて、世の中にはとんでもねえ奴もいるもんだなあ。どういう面《つら》してんだよ。女みてえに可愛《かわい》いのか」

「そりゃ、可愛いよ。でも、女に見間違えるっていうのとは違う」

「ふーん？　オカマじゃねえのか。ますます想像つかねえ」

会ってみればわかる、と言いかけて呑《の》み込《こ》む。これ以上映《あきら》のフェロモンの犠牲者は増やせない。というか、自分で自分の首を絞めるような真似《まね》などしたくなかった。

「龍二は俺のものなら何でも味見したくなるだけだ。惚《ほ》れてるわけじゃねえと思うが」

「ああ、あいつの悪いクセか。そんだけ、兄貴大好きだってことだよな」

「やめろ、気色悪ィ。あいつ妙な対抗意識があるだけなんだよ」

「いやあ、あれは兄貴のやることなすこと何でも真似したがるガキと同じだな。成長してねえってことだ」

良輔はさすがに幼《おさな》馴染《なじ》みだけあって双子のことをよく知っている。

龍一が青いシャツを着れば自分も同じ青いシャツを着て、テレビなど見て気に入った言い回しを使っていればそれも真似した。とある女の子と付き合えば、必ずその後同じ子を自分のものにしたたし、友人関係も同じだ。

「俺がいちばんビビったのはさ、お前ら一緒に怪我《けが》するのはわかるんだけど、病気になるタイミングまで同じってことだよな。暮らしてる場所が一緒だから風邪《かぜ》だの食中毒だのはまだわかるんだけど、盲腸まで一緒ってどういうことだよ」

「ああ……中学ンときか」

自分らでもギャグマンガかと思ったが、雪也と龍二は二人揃《そろ》って同じ日に盲腸になったことがある。二人ほとんど同時に腹が痛いと騒ぎ出し、一緒に変なものでも食べたかと両親は思ったらしいが、病院に行ってみればどちらも盲腸だった。

「あれはさすがに俺らも笑った。まあ、体の造りが同じだからかもしんねえけど、それでもあり得ねえ」

「いやあ、あの絵面はインパクトあったぞ。同じ顔が並んで入院してんだもんなあ。動けねえから寝たままケンカしててよ。見舞い行ったとき爆笑して、看護師さんに叱《しか》られたの思い出すわ」

二人でゲラゲラ笑いながら、こんな風に昔の話で盛り上がるのを懐かしく思う。

家を出て以来、自動的に昔から繋《つな》がりのある面々とも離れ、新しい人間関係の中で生きてきた。それを十年以上だ。今更戻っても違和感しかないだろうと思っていたものの、顔を合わせた瞬間にあの頃に自然と戻っていたことがふしぎだった。

（過去は消えない……未来は変えられても、過去を作り変えることはできない）

雪也が白松組の長男として生まれ育ったことは変わらない。そしてその記憶がなくなることもない。その事実を秘《ひそ》かに思い知る。

昼食を終え、レストランを出たところで、良輔が顔を寄せて囁《ささや》いた。

「なあ。ところで……気づいてるよな」

「ああ」

背後につけられている気配があるのを、二人とも察知している。

実際、こういうことがあったのは今日が初めてではなかった。探りを入れに出歩いている最中、しょっちゅう誰かの視線を感じていたのだが、あえて泳がせていたのだ。

「そろそろ、いくか？」

「ああ……そうだな」

目配せをして、人気のない通りの方へ進む。幅の狭い路地へ入り、角を曲がったところで身を隠し、待ち伏せをする。

やって来た二人組が、雪也たちの姿が見えないのにキョロキョロとし、引き返そうとした道を後ろから飛び出して遮った。

「俺たちに何か用か」

事態を察した男たちは顔色を変えて逃げようとする。

「おいコラ、逃げんじゃねえ」

良輔が二人の間を素早くすり抜けようとした一人の肩を押さえて腕を捻《ひね》り、ビルの壁に押しつける。もう一人はボクサー上がりといった風体で俊敏な動きで右ストレートを放ち、雪也が紙一重《かみひとえ》でそれをかわすと間髪《かんぱつ》入《い》れず次が来る。

鋭く風を切る音が耳元で響き、頬《ほお》の皮膚を裂きそうな風圧がカミソリのように襲ってくる。当たれば間違いなく物凄《ものすご》い衝撃が来るだろう。見た目通りの玄人《くろうと》だ。

（ああ……この感じ、懐かしいな……）

目の前が赤く明滅し始める。血管が膨らみ血潮が激しく全身をめぐる。喉《のど》が渇く。筋肉が震えて躍動する。鼓動が大きく耳元で鳴る。そして――無に近い静寂に似た一瞬が訪れる。

「うぐッ……」

男のくぐもった呻《うめ》きが響いた。雪也の右の拳《こぶし》が強烈に顎《あご》を殴り上げたのだ。

男は吹っ飛び、痙攣《けいれん》して動けなくなった。それを見たもう一人は青くなって体を強張《こわば》らせた。

恐らくかなりの腕の持ち主だったのだろう。雪也もたった一人が相手のときこの感覚を覚えたのは、久しぶりのことだった。

そのとき、通りからけたたましい叫び声が上がる。

通行人が立ち回りを見て騒ぎ始めた。雪也たちは目で頷《うなず》き合《あ》って素早くその場を後にする。警察沙汰《けいさつざた》になっては面倒だ。

何食わぬ顔で大通りの人混みに紛れながら、「十中八九黒竹会《くろたけかい》だな」と尾行していた男たちの見当をつける。

「今まで身内ばかり探ってたが、そろそろ黒竹会の方も調べた方がいい。内情を知ってる奴が見つかるかもしれねえ」

「ああ、一枚岩じゃねえのは確かだからな。類《るい》の主張した通り、うちは関係ないって立場だろうが、突けば色々出てくんだろ。今は警戒されて直接接触するのは厳しいだろうが……」

「ツテがあるのか？　良輔」

良輔は複雑そうな顔でため息を落とし、「まあ、ないこともない」と頭を掻《か》いた。

＊＊＊

久しぶりに雪也を味わい、肌艶《はだつや》も見るからに増した映を軽蔑《けいべつ》の眼差《まなざ》しで眺める光《こう》の冷ややかなオーラをそよ風のように感じながら、映は梶本《かじもと》の依頼をこなすため、今日も桜之上《さくらのうえ》公園に向かう。

しかし、少しばかり今回は違う冒険もしてみようかと思い、いつものベンチに座った後、懐《ふところ》から一枚の紙片を取り出した。

「ん？　夏川《なつかわ》さん、何スか、それ」

「さあて……何でしょうねえ」

走り書きの文字の書かれたメモである。鼻を寄せて匂《にお》いを嗅《か》いでみると、女物の香水の香りが仄《ほの》かに漂う。端には百合《ゆり》の花の模様が描かれた薄桃色の、何の変哲もない紙である。

（何俺の浮気の心配してんだよ……あんたなんて早速楽しんでんじゃねえか）

それは、先日雪也が一時的に汐留のマンションに戻ってきた際、そのジャケットの内ポケットに無造作《むぞうさ》に突っ込んであったものだ。見つけたのは偶然だったが、雪也自身がそれをなくしたことに気づいていないのを見ると、どうでもいいものなのかもしれない。しかし、映としては捨て置けない案件である。

「……あれ？　これ、スマホの番号じゃねえのか……」

よく見ると数字ではなくアルファベットだ。何かのアカウントだろうか。

「ＶＳＯＰ……ＸＯ……13……？　何だこりゃ」

「ん？　ブランデーッスかね」

横からヒョイとメモを覗き見して光がさらりと口にする。

「何でブランデー？　そういう銘柄があんのか」

「いや、熟成させた年のレベルッスよ。古いほど高いッス。ＶＳＯＰはわりと手頃に飲めたりしますけど、ＸＯは高いやつッスよ。13は……何だろう」

「へえ……そうなんだ」

酒を嗜《たしな》まない映がブランデーに関しての知識があるわけがない。しかし、熟成年数を書いたメモなどをなぜ雪也が持っていたのか。てっきり女の連絡先が書いてあると思っていたので拍子抜けだ。

しかし、見たところこの筆跡は雪也のものではない。誰かに渡されたと考える方が自然である。何より、この未《いま》だ沈殿している香水の香りは夜の世界を連想させる。

映はじっとメモを見つめて考え込んだ。

「……光。このメモ用紙、どこのだか知ってるか」

「ええ？　知らねえッス、そんなもん」

「ブランデーの置いてそうなところで……百合の名前が入ってる店とか」

光は怪訝《けげん》な顔つきで首を傾《かし》げていたが、ああ、と思いついたように声を上げた。

「あそこかな。若頭の行きつけの新宿の。いつも店入ったとこにでっけえ百合飾った花瓶があるんス。俺、百合の匂いってキツ過ぎて苦手なんで、あれ勘弁して欲しいんスよねえ。女の子たちはすげー可愛いんスけど」

「そこ……このXOとVSOPのブランデーあるか」

「ありますよ。若頭いつも頼んでるし。どっちも揃ってんのはレミーマルタンかなあ。あ！　それじゃ、13ってルイ13世だ。レミーマルタンの中でもめちゃくちゃ高いやつッス」

レミーマルタン。その銘柄ならあまりにも有名なので、映も名前くらいなら聞いたことがある。

「……って、だから何なんだろうな。意味わかんねえ」

「夏川さん、そんなもんどうでもいいッスから、早く絵描いちまってくださいよ……寒いッス」

光の言うことももっともなので、ひとまずメモの件は保留にして画板に向かい始める。

絵の進行具合は順調だったが、こうして描いているといつもちょっとした邪魔が入る。

今日あたり来るだろうな、と考えていると、やはり「こんにちは」と聞き慣れた声が背後から聞こえてきた。

「日永さん……正直、困るッスよ」

困惑した光に、日永は余裕の顔つきだ。

「おや。どうして。迷惑はかけていないと思うんだが」

「だから、言ったじゃないッスか。組織の人間との接触は禁じられてるんだって」

「構わないと思うぞ。とっくに龍一は知ってるしな」

光はどう説明すればいいのかと頭を抱えて悩んでいる。確か以前そういう仕草で人気者になったクマがいたような気がする。

「で、でも……最初は偶然でしたけど、こんな風にちょくちょく通われたんじゃあ……」

「いいじゃないか。そもそも、この公園には以前からよく来ていたんだから、これは単なる俺の習慣だ。後からやって来たのはそちらの方だろう。どうして俺が遠慮しなきゃならないんだ」

始めから勝敗は見えていた論戦である。口で光が日永に勝てるわけがない。

「ほら、そうへそを曲げるな。差し入れも買ってきたぞ」

そう言って差し出された温かいお茶や肉まんを、光が渋々受け取った時点で、勝負は決着した。寒がりな光は見事に着膨れした格好で大事そうに肉まんを抱えている。

映としては梶本の依頼のために絵を完成させればいいわけで、横にヤクザが一人いようが二人いようが別に変わりはない。

（それに……雪也の昔の話も、今の事件のことも聞けるかもしれねえしな）

日永に対して嫉妬《しっと》のような感情はあるものの、雪也本人からは聞けないことを聞けるチャンスである。この男はどうやら映の絵に関心がある様子だし、ここへちょくちょく通ってくるというのは、映自身を好ましく思っているからだろう。

若干難しそうな相手ではあるものの、基本的に聞いたことには何でも答えてくれそうな気配がある。雪也は今回調べている件に関して決して自《みずか》ら語ろうとしないので、事情に精通しているであろう日永が今側にいることは、むしろ好都合なのかもしれなかった。

「あの、日永さん。余計なお世話かもしれませんけど、こちらにいらっしゃっても大丈夫なんですか」

「え？　ああ……、そうですね。まあ、平気ですよ。ずっと詰めていなきゃならない状況ではないですし」

「裏切り者、見つかりそうなんスか！」

秒で食いついてくる光に、日永は至って落ち着いた態度を返す。

「それはまだだ。……だが、俺も独自で調べていることがある。ある程度裏が取れたら、色々と進めるつもりだ」

「ええっ、マジッスか……ああ、いいなあ。俺も若頭やった奴見つけてやりてえッスよ……早く追い詰めてやりてえ」

「そう鼻息を荒くするなよ。今に確実に見つかる。いよいよ危なくなったら逃げ出す準備も始めるはずだからな……そこを叩《たた》く」

「そんときは俺も呼んでください！　絶対に！」

「……そうだな。そのときが来たら、な」

　これは呼ぶつもりがないな、と傍《はた》から見ていてもあっさりとわかる態度だが、光は約束を取り付けたと喜んでいる。物悲しさを覚えるほどの純粋ぶりだ。

　そんな光を尻目《しりめ》に、日永はじっと映の絵を見つめている。

「しかし……身内を疑わなきゃならない状況というのも、辛いものですね。仲間意識だけは強固なのがヤクザの数少ない美点だったはずなんですがね」

「最近は、そうでもないんですか」

「昔とは色々変わりました。世間が変わるようにヤクザも変わりますから……でもまあ、正直に言えば、個人的にそれは好ましいことだと思っています。そこまで深刻に組織に殉じなければならない時代は終わりましたよ」

　組織の利よりも個人の利を優先する風潮に移行してきたのは、一般企業もヤクザも同じようだ。そして、日永の父親は、命を賭《と》して組織を守って死んだ。息子として、それを誇りに思えたのか、思えなかったのか。

「ところで、夏川さんはその絵を頼まれものだと仰《おっしゃ》いましたが、もしかして龍一ですか」

「あ。いいえ、違う方です」

「龍一はあなたに頼まないんですか」

　考えてみれば、雪也は映のファンだと言いつつ、五千万の借りを作ったときも返済方法は体を提案してきたし、また絵を描いて欲しいと言いつつ、自分のために何か描いてくれとは言わない。

「彼は……個人的に俺の作品が欲しいというよりも、ただ絵をもっと描いて欲しいと願っているようです。俺に直接頼みはしないんです」

「へえ、そうなんですか。変なところで奥ゆかしいなあ、あいつは」

日永は苦笑してホットコーヒーを飲んだ。

今日は光を遠ざけず、近くにいるのを許している。光は居心地が悪そうにしながらも、任務に忠実に辺りを警戒することに余念がない。

「それじゃ、この絵をあなたに依頼したのはもしかしてパトロンというやつですか？　現在、あなたは表立って活動されていないわけだし……」

「ええ、まあ……そんなところです」

本当は元パトロン、と言うべきだろうが、日永にそんな細かいことを伝えても何の意味もない。

「きっと一人じゃないんでしょうね。あなたの許《もと》には確実に人が群がる」

「いや……俺なんてそんな、大した奴じゃありません」

「いいえ、あなたに実際会えばわかりますよ。これまではあなたの絵しか知らなかったが、あなた自身もとても魅力的だ。私だってあなたを囲ってずっと自分のためだけに絵を描かせたいと願いますから」

薄々気づいてはいたが、日永は映にそういう意味でも興味が出始めたようだ。自分と近い雪也の一応恋人的立場の相手だというのに、その好意を隠さないところに戸惑いを感じる。

一方ゲイ嫌いのはずの光は、日永の言い回しの意味に気づかなかったのか、何の反応も示していない。ひたすら肉まんを頬張《ほおば》っているアホ面に、おい、お前の周りにまたホモが一人増えたぞと教えてやりたい。

「テレビや新聞などでも顔は見て知っていましたが、実際のあなたとは段違いだ。美しさが匂い立つというか……あなた自身が芸術のようですよ」

「お上手ですね。俺なんかより綺麗な女性なんてたくさんいますよ。俺は芸術とは程遠いです」

「女なんか相手になりません。美しく気高い、男にしかない魅力があるんです。見てくれのいい女はそりゃ多くいますが、滲《にじ》み出《だ》すものがまるで違う。あなたとは比べられません、別物です。本物の芸術と、上っ面だけ真似た贋作《がんさく》……それほどの差がありますよ」

早くも映の特異なフェロモンに当てられている様子である。それとも、元々こちらの人間だったのだろうか。映に惹《ひ》かれていることに戸惑いがないのを見れば、同性を相手にすることに抵抗のないタイプなのだろう。

ここにきて、ようやく光が、おやという変な顔をし始めた。

「日永さん……どうしたんスか。具合でも悪いッスか」

「ん？　別に、平気だ。いきなりどうした」

「いや……何か、いつもと違う感じだったんで」

光は首を傾げている。本能的な心の防衛のためか、苦手なものは真正面から受け止めない仕組みになっているようだ。

「まあ……確かに精神的に参ってはいるかもしれないな。これからのことを思うと……」

「え……何かあるんスか……ま、まさか、抗争ッスか」

「いや、そうじゃない。そう単純なものなら話は違ってくる」

日永はふと改まった顔つきになって、光を見た。

「光。お前も覚悟しておけよ。内通者は、案外近くにいるかもしれないからな」

＊＊＊

今晩の夕飯は鍋《なべ》だった。そろそろ十二月も近づき、肌寒い空気の中ずっと写生をしていれば温かいものが殊更《ことさら》美味《うま》く感じる。

「はあ……今日も美味いなあ。本当、助かるよ。ありがとうな、光」

「ッス……」

光は公園で日永と別れてからずっと元気がない。恐らく、最後の方に言われたことを気にしているのだろう。

思わず映は心配になってその顔を覗き込んでしまう。

「なあ、大丈夫か？」

「……ずっと考えてるッス。身近な人で、怪しい奴……」

「なんか前から言ってたじゃん。西原さんだっけ。あと、日永さんも」

光は鍋をつつく手を止めて、考え込む。

「実は俺、ちょっと聞いたことあるんスよ。西原さん……黒竹会の若頭と仲がよかったらしい、って」

「え……、そうなのか?」

意外な情報に映はハッとした。西原という人物と会ったことはないが、光によれば龍二の右腕的存在だ。

「西原さん、ガキんときから柔道やってたんスけど、その道場がそいつと一緒だったらしい、って。その頃はあの人、別にうちの組員とかじゃねえし、親がそうだってわけでもねえし、全然関係ねえことなのかもしれないッスけど。黒竹は結局、そこの道場の師範ぶん殴ってやめさせられたらしいッス」

「それって……龍二さんとかも知ってることなのか?」

「多分。黒竹の奴は空手もやってて、若頭と龍一さんも武道全般習ってたし、それでそいつとは大会とかで顔合わせてたらしいッス。西原さんと柔道の道場が一緒なのも話聞いてたと思うッス」

「それなら……その西原さんって人も、とっくに調査されてんじゃねえのか」

「いや……わかんねえッス。若頭補佐は何人かいるッスけど、その中でも西原さんはいちばん上ッス。そんな人疑ってたって、真正面から調べらんねえと思うッス……」

しかし龍二の情報を詳しく把握しているのなら、犯人が幹部である可能性も高い。それを調べないわけはないと思うが、慎重に進めなければならないのだろう。

「もしかして、それで日永さんは独自に調べてるって言ってたのか……？」

「俺、もし……西原さんが裏切り者だったら……マジ、許せねえッスよ」

光は徐々に怒りを露《あらわ》にする。

「あの人は、若頭がいちばん信頼してた人なんス。何でも頼りにしたし、幼馴染みってのもあって、俺らの前では上下関係あるように見せてるけど、本当に兄弟みてえに仲よくて……そんな人が裏切ってたら、若頭が気の毒過ぎるッス」

「ま、まだ決まったわけじゃないだろ。そんなに思いつめるなよ」

「アンタは、部外者だからそんな風に言えるんスよ」

吐き捨てるように言った後、すぐに我に返った顔で唇を噛む。

「すみません……失礼なこと言っちまって」

「いや、仕方ないよ。光は龍二さんのことすごく尊敬してるもんな」

「俺……若頭にはすげえ恩があるんス」

光は少し落ち着いた様子で、ポツリポツリと語り始める。

「つまんねえことで年少入って、出た後厨房《ちゅうぼう》勤めて……でも、俺にマエがあるって噂《うわさ》になって、追い出されて。どこでもそんなんで、続かなくて」

以前光が厨房で働いていたことは聞いたが、長くは勤められなかったらしい。

（前科があるってだけで、世間は色眼鏡《いろめがね》で見るもんな……立ち直ろうとしても、そういう壁があって、結局また転がり落ちるのか）

まさに雪也に聞いていた通りの話だ。光はその典型だったのか。

「俺、新宿でやけ酒してたんス。金もほとんどねえのに、むちゃくちゃに飲んで、結局払えなくて店と揉《も》めて……。そしたら、払ってやるって言うオッサンがいて……しかも、別の店に行ってまた飲もう、って誘ってくれて」

ふむふむと聞いていた映だが、怪しい雲行きにゴクリと唾を呑む。話している光の顔もだんだん青ざめてくる。これは結構ヤバイ話なのかもしれない。話の流れからして、典型的なアレである。

「目が覚めたときには、地獄の光景が広がってたッス。もう地獄としか言いようがないッス。ショックデカ過ぎて正直記憶が途切れ途切れッス。朝に解放された後、俺、そのまま自殺するって決めたんス」

「えっ、自殺……。マジか」

そこまでの決意をさせた、光が見た地獄とはどんなものだったのか。しかしここはあまり追及しない方がよさそうだ。

あの極度のホモ嫌いは、確実にこれが原因である。記憶が飛んでいるようだが、それは光の体が本能的に忘れさせたのだろう。

「自殺しよう、って明確に思ったってよりも、もう生きられねえって思ったんス。フラフラ歩いて、目の前に結構スピード出てる車が走ってきたんで、そのまま飛び出したッス。それで……それが、若頭の車だったんス」

まさか、そんな出会い方だったとは。というか、龍二の車は確か黒のベンツというあからさまにヤクザな見た目だったはずだが、地獄を見たばかりの光にはそんなこともどうでもよかったのだろう。

「急ブレーキかかったところに、俺、ボンネットに乗り上げちまって。ろくに怪我もできなかったッス。出てきた強面《こわもて》の連中にボコられて、でもそんな程度じゃ死ねねえから、もっと死ぬほど殴ってくれって言ったら、そいつら気味悪がって反対にやめちまって……そしたら、若頭が出てきて、じゃあ殺してやるって思いっきりぶん殴ってくれたッス」

それは一応優しさだったのか。あの龍二に思い切り殴られたら、本当に死ぬ可能性もあった気がする。

「俺、それで気絶して。ようやく死ねるのかって思ってたら、結局死んでなくて目が覚めたんス。どっかの部屋に寝かされてて。傷の手当てもされてて。そんで……温けえ粥《かゆ》、出されたんス。若頭が部屋に入ってきて、食えって言って。何があったか知らねえけど、お前は一回死んだんだから、新しい人生生きろ、って……」

話しながら光はぐちゃぐちゃに泣いている。もう何年前の話なのかわからないが、まるで昨日あった出来事を話すときのように泣きまくっている。

映はもらい泣きはしなかったが、龍二がそんな振る舞いをしたことの方に驚いていた。まるでヒューマンドラマのような展開だ。普通ヤクザの車の前に飛び出したら、それこそ半殺しにされておしまいだろう。

けれど、龍二はそうしなかった。光を助け、彼を生かしたのである。

「俺、そのまま若頭のために働くことに決めたんス。この人のためなら命張るのも本望だし、何でもやれるって思ったんで」

「そっか……そりゃ、崇拝もするよな。光は、龍二さんから新しい人生貰《もら》ったんだもんな」

顔面涙と鼻水まみれの光にティッシュを差し出しながら、映はふっと笑った。

雪也も龍二も、案外優しい男なのだ。雪也がヤクザを語るとき、そこには諦観《ていかん》のような冷めた感情が見えつつ、それでもどこか温かかった。龍二も、いつか雪也に聞いた通り、情の深い性格なのだろう。双子なのに性格はまったく違うけれど、それでも根っこにある部分はきっと似ているのだ。

光は映から貰ったティッシュで顔を拭《ぬぐ》いながら、泣いたことが恥ずかしかったのか、少し赤い顔をしている。

「すみません。何か、すげえ変なこと喋《しゃべ》っちまった」

「変じゃねえよ。光にとっては大事なことだろ」

「そんな……大層な話じゃねえッス」

「でも、俺なんかに話してくれて、嬉《うれ》しかったよ。ありがとな」

礼を言うと、光はますます真っ赤になった。「姐《あね》さんとかいたら、こんな感じなんスかね……」と奇妙なことを言いながら。

やっぱり受難

数日後、急展開が訪れた。

「西原《さいばら》が、秘密裏《ひみつり》に黒竹《くろたけ》の幹部に会うらしい」

いつものように桜之上《さくらのうえ》公園にやって来た日永《ひなが》がそう告げる。

光《こう》は目を見開いた。

「黒竹の幹部って……何で秘密裏なんスか」

「さあ、そこが気にかかる。しかもその幹部というのが、保守派で類《るい》と対立している筆頭だそうだ」

「保守派……西原さんが仲がいいのは、黒竹の若頭だったんじゃ……」

「どうだかな……。だが、まだ何のために会うのかはわからない。しかし、この状況での密会は見過ごせない。部下を手配して監視させている。現場を押さえさせて、話の内容如何《いかん》では、決定的な証拠になる」

神妙な面持《おもも》ちで語る日永の声を遮るように、光はぽつりと呟《つぶや》いた。

「俺……行かなきゃ」

「へ？　……おい、光？」

「すみません、日永さん。夏川《なつかわ》さん、頼むッス」

返事も聞かずに、猛然と駆け出してゆく光。

その後ろ姿を呆然《ぼうぜん》として見送り、数秒後にハッと映《あきら》は飛び上がった。

「や、やべえ……あいつ、絶対西原さんとこ行く気だ」

「しかし、西原が今どこにいるか、光にはわからないはずですよ」

「で、でも……もし見つけちまったら、あいつ……」

殺してしまうかもしれない。光も銃を持っているのだ。

そもそも、内通者を見つけたら龍二《りゅうじ》の仇《かたき》を討つと言っていた。若頭の体に傷をつけただけでも許せないと言っていた剣幕は本気のものだった。

そして、光自《みずか》らが泣きながら語った龍二との出会い。あの崇拝ぶりは危険だ。自分がどうなっても、龍二のためならば何でもしてしまう勢いがあった。

「ど、どうしよう。雪也《ゆきや》に知らせねえと……」

「雪也？　パトロンの誰かですか」

「い、いや、その、龍一《りゅういち》のことです。俺が勝手にあだ名でそう呼んでて」

アワアワとスマートフォンを取り出す。しかし、いくらかけても雪也には繋《つな》がらない。というか、通信そのものができないようだ。

「え⁉　何だこれ、近くにジャマーでもいんのかよ⁉」

「……ヤバイな。俺のも繋がらない。もしかして、つけられてるのか……？」

日永は緊張した面持ちでそっと映の腕を取り、「場所を変えた方がいいかもしれません」と促した。

映は仕方なく画材を片付けて日永に従う。歩きながら、何度も雪也にかけ直すが、やはりダメだ。確実にどこかから妨害電波が出されている。

「すみません、まさかあの光が任務を放り出してしまうとは思いませんでした。迂闊《うかつ》なことを言ってしまったな……」

「あいつ、龍二さんにめちゃくちゃ心酔してるんです。あの様子じゃヤバイですよ……心配です」

一刻も早く雪也に連絡してこのことを伝えなければ。それとも、自分が光を追いかけた方が早いのだろうか。

はたとその選択肢に気づき、映は立ち止まって日永に懇願する。

「すみません、俺を白松組《しらまつぐみ》に連れていってくれませんか」

「え……あなたを、ですか。でも、組関係者に接触するなと光が……」

「緊急事態なんです。仕方ありません。お願いします！」

映の必死な表情に、日永は躊躇《ためら》いつつも、勢いに押されたように頷《うなず》いた。

「わかりました。でも、光は白松組に向かったんでしょうか」

「あいつは西原さんのいそうなところに行くはずです。どこか他にありますか」

日永は立ち止まって思案する。

「西原も自分の組織を持っています。いる可能性が高いのはそちらかもしれない。でも、今は龍一と行動をともにしていることが多いようだから、白松の方かもしれないし、外に出ているかもしれないし……」

「じゃあ、まず西原さんの組織の方に行きましょう」

わかりました、と日永は承諾し、車があるからと駐車場の方に移動する。

「それにしても、よく密会の情報が摑《つか》めましたね」

「私は正直、西原が怪しいと最初から考えていたので、マークしていたんです。しかし私には黒竹会とのパイプがないので、まったくわからない。あからさまな通信手段で連絡は取らないだろうし、どうするのだろうと思って監視だけさせていたのですが、ようやくわかりました。暗号です」

「暗号？　探偵小説でよくあるようなやつですか」

「ええ。単純に英数字をパソコンのキーボードの平仮名で読むというものでしたが、西原はそれを出先の飲食店などのナプキンに書き残していました。それを相手の部下に引き取らせるという手段です」

なかなか古典的なやり方である。しかし通信を使えば何かしら痕跡《こんせき》が残ってしまうことを考えれば、この現代ではある意味最も有効な手段なのかもしれない。

「黒竹会もここのところ内部がかなり荒れていたようなので、そろそろ行動を起こすとは思っていました。類を落とす最高のタイミングを見計らっていたはずです」

「西原さんは、なぜ黒竹の保守派の幹部と繋がっていたんでしょう」

「西原は、龍二の右腕とはいっても、それは表向きだったのでしょう。彼らは考え方がだいぶ違いますから、古い付き合いですが次第に不満を募らせていったのかもしれません。黒竹会の保守派は類が次期会長になることをよく思っていませんでした。これまでのやり方がガラリと変わってしまうことは明らかでしたから。類は意外と革新的で、原油など海外の事業にもっと注力したいと考えています。古参がリスクの可能性を考えてやりたがらないようなことを次々と提言しては揉《も》めているらしい」

「なるほど……世間でもよくある構図ですね」

「だからあちらの保守派も西原も、現若頭に不満があった。双方を一気に潰《つぶ》す方法を考えて、利害の一致で手を組むことにしたのかもしれません」

　黒竹会の現会長はいつどうなってもおかしくない状況だ。このままでは類が跡目を継ぐのは明らかで、保守派が焦《あせ》ってことを起こしたというのも自然に思える。

「でも……敵対してる組織の幹部同士が、どうやって知り合ったんだろう……」

「西原は黒竹類と既知の仲でした。それで黒竹会の面々とも秘《ひそ》かに面識があったんじゃないでしょうか。道場には他の黒竹会の面子《メンツ》もいましたしね。黒竹の構成員が、西原が町中でばったり幹部に出くわしたとき、懐かしげに昔話をしたのも聞いています」

「そうだったんですか。そんなにも繋がりがあったなんて」

「しかも今日は類が地方の支部の幹部と会うために東京を離れます。その隙《すき》に色々と画策する予定なんでしょう」

日永は興奮していつもよりも饒舌《じょうぜつ》に捲《まく》し立《た》てている。いつも落ち着いた語り口の彼がここまでになるのは初めて見た。

「すごい……本当によくそこまで調べられましたね。たったの一週間程度でしょう」

「いえ、頑張ってくれたのは私の部下です。私は指示を出していただけですから」

「いやいや、本当にすごいですよ。調査だけで知り得たとは到底思えないような情報量です。まるであなたこそ黒竹会と繋がりがある人物のように聞こえますよ」

日永は立ち止まる。映はその表情からさっきまでの高揚が消え去ったのを見た。

「ですから、私はずっと地道に調査を続けてきましたから……」

「けれど、あなたはさっきご自分で『黒竹会とのパイプがない』と言っていた。それなのに、どうして黒竹の構成員の話が聞けるんでしょう。どうして若頭の予定を知っているんでしょう」

疑問というよりもすでに確信だった。日永が妙に口数が多くなったのにも違和感を覚えたが、その内容はもう映に気づいてくれと言っているようなものだった。

「暗号ですか？　そこまで大量のソースを暗号から読み取れるでしょうか。何より、調査開始からまだ一週間。西原さんを監視しているだけでは到底不可能な情報量に思えます」

「そう思われますか……」

日永は悲しげな顔で首を横に振る。

「困ったな。あなたにそんなことを言われるだなんて」

「とにかく、光を止めないと……。雪也に連絡しなきゃ」

「ですが、通信できないのでは」

映は周囲を見回しながらゆっくりと後ずさる。駐車場は閑散としている。騒いでも効果はなさそうだ。これはかなりまずい状況である。

「あなたから離れればできるようになると思うのですが、どうでしょう」

「だめです、私から離れてはいけません」

「どうしてですか？」

「私には、あなたを守らなくてはいけない義務があります」

「それはもう結構ですよ」

映は後ろを向いて必死で走り出した。

日永は逃げようとする映の袖《そで》をすぐに捕まえ、羽交《はがじ》い締めにして素早く口元に布を押し当てる。

顔を振って抵抗するが、強い薬品のにおいに、すぐに意識が霞《かす》んでゆく。

（あーあ……結局、こうなっちまうのかよ……）

どれだけ拉致《らち》されれば気が済むのか。トラブル体質というか、拉致体質も加えた方がいいのではないか。

しかし、こんな冗談のようなことを考えている場合ではない。このままでは、光が人殺しになってしまう。

それだけは、防がなければいけないのに——そう焦りながら、映の視界は真っ黒に染まっていった。

＊＊＊

「おう、久しぶり」

その男が現れると、良輔《りょうすけ》は立ち上がって右手を差し出した。

「こんなときに呼び出すなんて、お前イカレてるぜ」

相手は苦笑しながらも同じく手を差し出し、二人は固い握手を交わす。

雪也は遅れて立ち上がり、こちらに気づいて目を丸くしている男を見て、目礼した。

「双子ってな聞いてたが……マジで似てんだなあ」

「弟には会ったことがありますか」

「まあ、何回か。話したことはないですがね」

軽く言葉を交わした後、雪也は改めて名乗る。

「初めまして。白松龍一です」

「こちらこそ、初めまして。森野大吾《もりのだいご》です」

森野は良輔の古い友人であり、黒竹会の幹部でもある。背はそこまで高くないが、恰幅《かっぷく》がよく動きに隙がない。眼光鋭い細い目だが笑うと愛嬌《あいきょう》のある顔立ちになる。

すり足気味で歩く癖と耳が変形していることから、長く柔道をやっていた経験があると知れた。貫禄《かんろく》と威圧感があり、かなりの修羅場《しゅらば》をくぐってきた人物だと感じる。

良輔は顔が広い。その人柄のためか、一度出会えば関係が途切れず続いてゆくので、自然と人脈が広がって知り合いが多くなる。

森野とはかつて柔道の道場で一緒に稽古《けいこ》をしていた仲だ。かつてそこに類も加わっていた。良輔の親は白松家御用達《ごようたし》の料理屋をやっていたが、それを子どもにも強《し》いるような家ではなかった。結果的に白松組に入り、森野が黒竹会に入ったが、関係を断絶したというわけでもなく、本当に必要なときにはこうして会うことができる間柄だ。

「これじゃ、見つかっちまえば俺が裏切り者扱いだな」

「白松《うち》は上はこのことを把握してる。一刻も早い解決のために今は手段なんざ選んでられねえ。そっちだってそうだろうが」

「ああ、その通りだ。だから応じた」

三人は雪也の知り合いが経営する会員制のフランス料理店の個室で顔を合わせている。最初は良輔の馴染《なじ》みの店へ行こうという話だったが、雪也が強いてこちらを勧めた。少なくとも周りのヤクザ関係の人間はここを知らないはずだ。万が一のこともあるので、なるべく人目につかない場所で会いたかった。

「で……そっちは内通者ってやつは見つかったのか」

森野は赤ワインのグラスを傾けながら、洋梨《ようなし》の載ったフォワグラやラム肉を頰張《ほおば》る。

雪也たちも銘々のものを楽しみながら、酒に酔えるような頭でもなく、冷静に会話を続ける。

「いや……目立って怪しい奴《やつ》はいねえ。少なくとも、若頭が襲撃されてからは大人しくしてて尻尾《しっぽ》が摑めねえんだ。携帯やパソコンにも何の痕跡も残ってねえ」

「俺を呼んだのはあれだろ、こっちで変な動きしてる奴がいないか、聞きたいんだろ。そっちの調査が詰まってんなら」

良輔は率直に頷く。

「お前、何か知ってるか。そっちとうちで繫がってる奴がいないかどうか」

「知ってるか、って言われるとな……。はっきりしたことはわからねえ。だが、妙なことしてるなっていう奴はいるがな」

「誰だ。何でもいい、教えてくれ」

森野は少し唸《うな》り、ワインで唇を湿らせた後、低い声で呟いた。

「……黒竹真《まこと》だ。会長の三男」

雪也と良輔は顔を見合わせる。予想外の人物だ。

「今まではただの医者って立場だったのが、何となく組織に出入りすることが増えたんだ。怪我人《けがにん》もいねえときにな。何だか組織の奴ら使ってコソコソやってるらしい」

「彼は、そちらではどのような立ち位置なんですか？　構成員を使えるような権限が？」

雪也自身は良輔と動いているが、もし誰かの部下を使うとなれば、上に頼まなければならない。良輔が自由に動けているのは、彼が自分の組織で最高の地位にあるからだ。

「そりゃ、会長の息子ですからね。若い連中は頭下げて通る。頼み事をされれば、嫌とも言えないでしょう。その前に自分のボスにお伺いを立てなきゃなんねえが、どうも最近そういう手順を踏んでねえんじゃねえかと」

「どうしてそんなことができるんです」

「金ですよ。あの人は本職は医者だが、株だのＦＸだので結構稼いでるらしい。下っ端なんて皆金で動きます。普通にやってたんじゃ稼げねえような額をポンと貰《もら》えるってんじゃ、上に内緒で働きますよ」

なかなか強引なやり方だが、単純明快だ。信頼関係がなくとも、人は金で動く。真はそれをよく知っていた。

「それじゃ……真がうちの誰かと繋がってるってことか」

「さあな。それはわからねえが……あの人が何かしでかすとしたら、それは若頭のためだ」

「類の？　確かに、信頼関係はあるようだが……」

「若頭は知っての通り、小細工《こざいく》の苦手な人だ。何でもガチンコ勝負したがって、ちょっと融通の利かないところがある。それを周りが補佐してるわけだが……若頭がいちばん頼りにしてるのは、やっぱり真さんなんだ」

「頼りにしてるったって、彼はヤクザじゃないんでしょう？　いつも一緒にいるわけじゃないのでは」

「住んでる場所は同じだし、兄弟仲はいい。他の兄弟は家を出ちまってるから、実質あの二人だけが残ってるんです。若頭は部下には言えないことをしょっちゅう真さんに相談してる。何しろ頭のいい人だから、色々知ってるでしょう。若頭は部下の言うことはすぐには聞き入れないが、真さんの言うことだけは、何でも子どもみてえに素直に呑《の》み込《こ》んじまう。兄弟ってより、何だかまるで親子みてえだと思うこともありますよ」

あの類が――、と雪也は面食らった。

確かに、あの話し合いのとき、猛獣のように興奮して誰も手がつけられなかった類を、ひと声で鎮めたのが真だった。

腹違いの兄弟で、年齢もかなり離れているはずだし、血が繋がっているとはにわかには信じられないほど似ていない二人が、どうしてそれほど親密になっているのだろう。

「まあ、わかる。類は、肉親の愛情に飢えてた奴だからな。それを、真に求めてるんだろう」

良輔は苦笑して、やるせないため息をつく。

「あいつの母親は黒竹会長の愛人だったが、息子を少しも顧みなかった女だった。高級娼婦《しょうふ》をやってて、元々妊娠したのが失敗だったと言ってたらしいからな。『失敗』でできた子じゃ、そりゃ邪魔にもなるだろう」

「まあ……原因を遡《さかのぼ》れば、そこに行き着くんだろうが……とにかく若頭は真さんをいちばんに信頼してる。真さんも、正直この人の考えは読めねえが、まあ、兄貴を慕ってることは確かだ。だから、あの人が下っ端に金摑ませて動かすってのは、十中八九、若頭のためだよ」

類と真の関係。それは仲睦《なかむつ》まじい兄弟愛なのだろうが、如何せんタイプの違い過ぎる二人なだけに、互いのためを思ってまったく違う行動をとっているのかもしれない。

「……俺たちはこないだ誰かにつけられてた。黒竹会の連中だと当たりをつけたんだが、そっちはそういう指示を出してんのか」

「いや、そういう話は聞いてねえな。お前らの後つけさせてどうなるんだ。今ただでさえピリピリしてんのによ」

「確かに……」

「そういうことをさせるなら、やっぱり真さんだと思う。あの人は組織とは完全に別で動いてるからな」

「しかし……どうも、すっきりしねえ」

雪也は頭のどこかで引っかかっているこの妙な違和感を拭《ぬぐ》えずにいる。

「類を陥れようとしている……なるほど、それなら組織で敵対してる現会長に同調する古参連中の仕業《しわざ》だろう。鉄砲玉を使って龍二を狙撃《そげき》させて、それを類の指示のように見せかけた……。だが、そうだとすると、真がまずやろうとするなら黒竹の中の犯人探しじゃねえのか。なぜそうしない？」

「……確かに。ただのひ弱な医者にしか見えねえし、ヤクザの世界を何も知らないのかと思ったが、森野の話を聞いてるとそうでもねえしな……」

「そうなると、あれは偵察だ。俺たちがどこまで辿《たど》り着《つ》いているのかを探ってた。ただの見張りだ」

口に出しているうちに、ごちゃついたものが整理されてゆく。よくわからなかった黒竹真という人物が、内部の人間の話によって少し明らかになり、そこから答えが導き出されてゆく。

「真は身内の中の犯人探しをしちゃいない。考えられる理由はひとつ。犯人なんざいねえってのを知ってるからだ。てめえ以外にな」

＊＊＊

気持ちが悪い。

まるで体中を蛞蝓《なめくじ》が這《は》い回《まわ》っているような感覚だ。

逃げ出したいけれど、体が思うように動かない。まるで全身を縛り付けられているように固まっていて、身を捩《よじ》るとあちこちが何かに擦れて痛みが走る。

「ああ……あまり暴れないでください。せっかく綺麗《きれい》な肌なのに……」

「……ん……、あ……?」

甘く囁《ささや》かれる声に、ようやく意識が戻る。

重い瞼《まぶた》を持ち上げると、まるで見覚えのない部屋である。掛け軸の飾られた床の間のある純和風の造りに、背中に触れる感触は柔らかな羽毛布団。傍《かたわ》らには行灯《あんどん》が置かれ、ほの赤い照明に薄暗い室内がぼんやりと浮かび上がっている。

「え……？　ここ……」

「私の別荘です。といっても都心からそう離れてはいませんがね」

「別荘……」

「ええ、そうです。こっそり買いましたので、組の誰も知りません。あなたの携帯は電源を切ってしまいましたし、バレませんよ。ここには、私とあなたと、手伝いの女しかいません」

ようやっと、映は自分が日永に拉致されたことを思い出した。

そして、自分が素《す》っ裸《ぱだか》にされ、赤い縄で見事に体を緊縛されているのを見て、今回は年季の入った変態にさらわれてしまったらしいと悟る。

「寒くないですか？　暖房は高めに設定したんですが」

「いえ、あの……、いきなりこれですか。勘弁してくださいよ」

やるせない気持ちで訴えると、日永は血走った目をして笑っている。

「さすが、慣れていらっしゃるんですね。一通りのお遊びは経験済みでしょう」

「いえ……そういうわけでは……」

「普通はもっと慌てますよ。目が覚めてこんな格好になっていたら。私はあなたが羞恥《しゅうち》に頬を赤らめて屈辱の涙を流すのも見たかったんですが、これはちょっと難しそうですね」

「もちろん慌てています。お願いですから考え直していただけませんか、色々と」

我ながら少しも慌てていない口調だと思いつつ、こんな不毛なやり取りをしている場合ではないと内心焦る。

（あれからどのくらい経《た》ってんだ……光の奴、今どこにいるんだよ……）

室内に時計を探すがそれらしきものはどこにもない。窓は雨戸で締め切られ、光の具合で時刻を確かめることもできない。そもそも、日永の別荘というここがどこだかもわからないのだ。

そんな映をよそに、日永は夢中で映の肌を撫《な》で回《まわ》している。

「ああ……この肌……光沢のある絹のような質感……あなたは確か三十近かったと思いましたが、到底そうは思えない感触です……赤い縄がとてもよく似合う……ああ、なんて美しいんだ……」

これまでの紳士然とした表情はどこへやら、興奮しきった顔つきで映にしゃぶりつき、執拗《しつよう》に舐《な》め回《まわ》し、あらゆる場所に指を這わせる。

ああ、これが蛞蝓の正体か、と嫌な発見をしつつ、映の頭の中はこれからどうするかでいっぱいである。

（俺がここにいることは誰も知らない……こっそり買った別荘だと言っていた……助けが来ることは期待できないな……）

となると、ひとまずこのまま日永にやられてしまうのは避けられないとして、それからどうやって脱出するべきか。

先程、ここには映と日永と、そして手伝いの女性しかいないと言っていた。隙を見て逃げるのは比較的容易に思えるが、何しろ今は全身縛られていて逃亡は不可能である。

もしも映を生かして犯し続ける気ならば、行為が終われば日常生活のために縄は解くだろう。チャンスはその後にしかない。

「俺を、どうする気なんですか」

「このまま、ここにいていただきます。大丈夫、傷つけたりはしませんよ。あなたを大事に囲います」

ああ、でも、と日永は微妙な笑みを浮かべる。

「もしもあなたが逃げ出そうとしたら、傷つけないという保証はないかもしれません」

「……拷問でもするんですか」

「いいえ、そんなまさか。あなたの美しい顔や体を傷つけたくはありません。素晴らしい絵を描いていただくその手も……。ただ、逃げてしまおうとするならば、脚は必要ないかもしれませんね」

じっとりと嫌な汗が背中を湿らせる。

（こいつはもしかすると……結構なヤバイやつか……？）

ほんの少し危機感が芽生えてくる。隙をついて逃げられるかもしれない、という考えは甘過ぎたようだ。

「俺がいなくなったことを……組織に、どう報告するつもりなんです」

「少し目を離した隙に連れ去られてしまったと言いますよ。恐らく、西原の手の者だろう、とね」

「そんな嘘《うそ》……すぐに露見しますよ」

日永は映の無毛の下腹部を優しく撫《な》で擦《さす》りながら、楽しげに喉《のど》の奥で笑っている。

「大丈夫です。光があの目障りな男を始末してくれるでしょう。もし仕損じても、西原が黒竹会の人間と会うのは本当のことですから、疑いの目が向けられているうちに消してやるつもりです。あちらも、上手《うま》くやってくれるでしょうし……」

「あなたは……一体、誰と取り引きしていたんですか」

「ふふ……こんな状態になっても、そんなことが気になるんですね……。もう、あなたには何も関係のない外の世界の話だというのに……」

やはり、ずっとここで飼い殺しにする気なのだ。逃げようとすれば脚をなくしてでもなどというサイコパスなので紛れもなく本気だろう。

これは本気でヤバイかもしれない。逃げたいが、脚も惜しい。今までのトラブル塗《まみ》れで傷ひとつつかなかったのがふしぎなのかもしれないが。

「まあ、いいでしょう……私の悪い癖で、興奮するとつい喋《しゃべ》りたくなってしまうものですから、教えて欲しいとねだられれば本望かもしれません。私が一緒に計画を実行したのは、黒竹真という黒竹会長の息子の一人ですよ」

黒竹会長の息子――そんな大層な人物と内応していたとは予想外だ。

「そんな大物と……一体どうやって知り合ったんですか」

「彼はそう大物ではありませんよ。本人はヤクザではありませんからね……ただ、現若頭の兄とは深い絆《きずな》がある……彼と出会ったのは、趣味で通っていた銀座の文学喫茶です。夜にはバーになる落ち着いた雰囲気の素敵な場所で、そこで意気投合しましてね……改めて話をしていて、初めて互いの素性を知ったわけです」

意外な出会いの場所だ。映はその黒竹真という人物には会ったことがないが、日永と似たような趣味を持った人間が黒竹側にもいて、そして最初は互いの肩書に気づかず喋っていたというのは驚きだった。

「そして互いの悩みなどを打ち明けているうちに、私たちの目的は同時に達成できるのではないか、という話になったんです。彼は敬愛する兄が次期会長となったとき、その地位を盤石なものにしたかった……敵対勢力を抑え、利益の拡大を図りたかった。うちの組と繋がりを持ちたかったんですね。そして私は、到底次期組長には相応《ふさわ》しくない現若頭と、その右腕である西原をどうにかしたかった……」

「あなたは、自分が……組長になりたかったんですか」

「いいえ、そんなまさか。私は上に立つ器《うつわ》じゃありません。私が組長に相応しいと思っているのは、龍一ですよ」

日永はあっさりと否定し、雪也の名を口にする。

「龍二ではだめです。だって、黒竹会の次期会長があの獰猛《どうもう》な男でしょう。また抗争が起きますよ。それだけは絶対に避けなければいけない。私は、冷静で、先を見通す目のある龍一に戻ってきて欲しかったんです。そしてその目標は、もう半分は達成されている……」

「そんな……あなたは彼ら兄弟とは昔からの付き合いでしょう。龍二さんを撃たせるだなんて、どうしてそんなことを」

「うーん、どう言ったらいいんでしょうねえ……」

日永は映の真っ白な鼠径部《そけいぶ》を実に美味そうに啜《すす》りながら思案している。

「私はね、別に彼らを愛しているわけじゃないんです。嫌いではありませんが。もしかすると憎んでいるかもしれない……正直、自分でもよくわからないのです」

「憎んでいる……？　彼らが、あなたに何かしたのですか」

「ええ。正確に言えば、白松組という組織がね」

そういえば、日永は父親が抗争で亡くなっている。そのことで、白松組という場所に、愛憎半ばする複雑な思いを抱いているのだろうか。しかし、結局自分も同じ場所へ戻ってきてしまった。そのことに深い懊悩《おうのう》があるに違いない。

「龍一ならば抗争は起こしません。私と似た部分がありますから。彼は思慮深く、繊細で、仲間一人の死にすら耐えられなかった。だからヤクザの家を出ました。けれど……そこを超えた先に、彼の本当の資質、度量があります。彼こそ、白松組を支えられる人物だと私は思うんです」

「でも……あなたは、彼に家を出る後押しをしたんじゃないですか」

「おや……よく知っていますね。ええ、その通りです」

興奮した面持ちのまま、日永は妙に嬉《うれ》しそうに笑っている。

「あのときはそうするべきだと思いました。ですが、それはただの過程です。必ず戻ってくると確信した上での助言でした」

「彼は、ヤクザになりたくはないと思いますが……」

「ええ。そうですね。もう少し時間はかかるかもしれません。けれど、あいつは白松組に必要な人間なんですよ……私はそう考えています。そして、あいつ自身も……」

そのとき、にわかに外が騒がしくなる気配がした。

複数の車の停《と》まる音が響き、物々しい怒号と足音が響いている。

それを耳にした途端、映の肌を舐《ねぶ》っていた日永は顔を上げ、眼差《まなざ》しを鋭くする。

「……どうしてここがわかったんだ」

「え……、まさか」

部屋の外で手伝いの女性とおぼしき悲鳴が聞こえ、どかどかと廊下を走る音が近づいてくる。

襖《ふすま》が開け放たれると同時に、日永は映を盾《たて》にして、懐《ふところ》から抜いた拳銃《けんじゅう》をそのこめかみに突きつけた。

「日永さん！」

「来るんじゃない、龍一」

最初に踏み込んできた雪也は、映の姿を見て目を剝《む》き、後ろから詰めかけてきた組員たちを制して「来るな！」と叫ぶ。

そして日永に向き直ると、見たこともないような顔面蒼白《がんめんそうはく》で唇を震わせた。

「日永さん……どうして、あなたが……」

「ふう……。わからないか。いつまで経っても、お前は甘ちゃんだな、龍一」

「あんたが！　龍二を撃てと命令したのか！」

怒りを爆発させる雪也を白《しら》けた眼差しで見つめる日永。そのあまりの温度差に、映はまるで自分の身が切られるような痛みが走る。

「まあ、同じことか。計画は相手と一緒に練ったからな」

「……どうして……」

「人には役割ってもんがあるんだ、龍一。俺はそれを全《まっと》うしたまで。今度は、お前の番なんだぞ」

「役割……？　あんた一体、何を言って」

「お前はいずれ、必ず極道の世界に戻る」

混乱する雪也に、日永は一言、静かに言い放つ。

雪也は目を大きく見開いたまま、凝然と日永を見つめている。

凍りついたような静寂の中、屋外で一陣の風がごうと唸った。

「忘れるなよ、龍一」

そう言い残し、日永は映を盾に窓から脱出した。

＊＊＊

車を走らせて一時間後、日永は「あなたを連れていると地の果てまで追ってきそうなので」と映の縄を解いて自分のジャケットを着せ、解放した。

別荘地は箱根だったようで、東京からは車で約一時間の場所だった。辺りはすでにとっぷりと日が暮れて、公園で連れ去られてからすでに六時間は経過している。

ご丁寧に返してもらった携帯で雪也を呼び出し、映は無事に保護された。

「映さん……ッ、無事でしたか！」

全身複雑骨折しそうな勢いで抱き締められ、息が止まる。

大丈夫だから、と宥《なだ》めるものの、そのまま数分離してくれず、映が呼吸困難になっているのに気づいてようやく力を緩めてくれる。

そのまま運転手がいる車に乗せられ、後部座席で体の無事を確認されながら、日永の別荘から取り戻したらしい映の着物を着せてくれる。絶えず髪を撫でたり抱き締めたりキスしたりする雪也の暑苦しい介抱を受けながら、怒濤《どとう》の展開に未《いま》だ頭がついていかない映は目を白黒させていた。

「なあ、どうして俺の居場所がわかった？　何であんな早く来られたんだよ」

「そりゃ、発信機です」

雪也は何を今更、という顔をして答える。

「異常なトラブル体質のあるあなたを、たとえ護衛をつけたにしろ、何もしないで放置するわけがないじゃないですか。光に頼んで、毎日あなたの着物に発信機を仕込んでもらっていたんですよ」

「マジか……気づかなかった」

「俺も、それを使うような展開には出会いたくなかったんですがね……」

深々とため息をつかれて思わず「すみません」と頭を下げる。もはやここまで来ると拉致（される側）のプロである。

雪也は映の肩を摑んで、全身を矯《た》めつ眇《すが》めつ観察し、じっとりとした目で顔を覗《のぞ》き込《こ》む。

「ところで……日永さんには、亀甲縛《きっこうしば》りをされただけですか」

「うん、まあ、そう。本番される前に、雪也が来てくれたし」

「他には何も？」

「いや、そりゃ……触られたりはした。舐められたり……」

意識のない間に他にもされたかもしれないが、縛られた痕《あと》が疼《うず》く他は特に異常はない。あの趣向からすると写真や映像も撮られたかもしれないが、それは確かめようがなかった。

そのとき、映は肝心なことに気づいてハッとする。

「そ、そうだ。光は⁉　あいつ、今どこにいるんだ！」

「光ですか？　ああ、あいつは大丈夫ですよ。今西原たちと黒竹会に向かっていると思います。俺たちもこのまま行くことになりますが……」

それを聞いて、ホッと緊張が抜けて体が弛緩《しかん》する。

「あ……、よ、よかった。西原さんも、無事なんだな」

「ええ。えらい剣幕で電話がかかってきましてね。ちょっと宥めるのに苦労しましたが、長々と説得してようやく落ち着きました。もし直接現場に乗り込まれていたら危なかったかもしれませんが、光の知らない場所にいましたので」

「本当によかった……あいつが勘違いで誰か殺しちまったらどうしようかと思った……」

「日永さんは光の単純さを知っていましたからね……本当に、怖い人です」

映は雪也の強張《こわば》った横顔を見て、何と言葉をかけようか迷って無言になる。

（影響受けた人だって言ってたもんな……家出るときも背中押してくれた、って……）

それなのになぜ、日永はこんなことをしでかしたのだろう。白松組の中で雪也が最も信頼し、慕っていた男。雪也の人生の選択にも重大な影響を与え、そして最後には組織を引《ひ》っ掻《か》き回《まわ》して去っていった。

（役割って何なんだ……あの人は自分の役割は全うしたと言っていたが……）

雪也自身、日永を何を考えているかわからない人と言っていたが、彼は自分でも己《おのれ》がわからないと告白していた。けれどそれは苦悩ではなく、むしろ楽しんでいたような口ぶりだったのだが。

「このまま黒竹会に向かうっていうのは、あの真って奴を捕まえに行くのか」

「映さん、そのことを知っているんですか」

「うん。日永さんがベラベラ喋ってくれた。文学バーだか何だかで会って意気投合した相手だって」

「文学バー……。そうか。そういう接点か」

雪也は舌打ちをして忌《い》ま忌《い》ましげに頭を振る。

「日永さんはそういう場所によく行くからな……。もう少し早く気づけばよかった」

「わかるわけねえよ、ヤクザがそんな場所で出会ってるなんて。しかも偶然みたいだし」

映は日永が興奮しながらベラベラと捲し立てた内容を雪也に伝えた。

まるでメッセンジャーだと思いながら、ふいに、日永が言っていた『役割』という言葉が頭に浮かぶ。

(もしかして、俺に雪也に伝えさせるためにあんな風にベラベラ喋ったのか……？　いや、まさかな……)

「……あ。そういえば」

「どうしました？」

映はふいにあることを思い出し、雪也の顔をじっと見つめる。

「あんたさ……前に、どっかのクラブ行ったよな」

「え？　それはどういう……」

「女にメモ、渡されただろ」

そこまで言って初めて、雪也はあっと思い出した顔をする。

「どうして映さんがそんなことまで知っているんです。日永さんですか」

「いや、これは違う。あんたのジャケットから香水の匂《にお》いのするメモが出てきたから、連絡先でも渡されたのかと思って」

「あの……それはそうなんですが。すみません、すっかり忘れていました。龍二の行きつけの店に接待で連れていかれたんですよ。そのとき、そこの女性に渡されたものですが、神に誓って、あなたを裏切るようなことはしていません」

「いや、誓わなくてもいい。あれ、連絡先じゃなかったんだわ」

浮気をなじられるのを覚悟するような顔つきだったのが、間の抜けた表情に変わる。

「連絡先じゃない……？　じゃあ、一体なんだったんです。すみません、渡されただけで内容を見ていなかったので」

「なんか、ブランデーのランクみてえなの書いてあった。俺には全然わかんねえんだけどさ、レミーマルタンってどんなやつ？」

「レミーマルタンですか？　ええ、有名なブランデーですよ。味も香りも上品でなかなか俺は好きですが」

酒の味や香りを聞いても、それが何かに繋がるとは思えない。しかし、何の意味もなくわざわざメモに書いて渡すわけがないので、何かを伝えようとしていたに違いないのだ。

「うーん……何か他に特徴とかある？　味とか以外で」

「ええと……ボトルデザインとかですか？　そうですね……たとえば、レミーマルタンのシンボルはケンタウロスです。経営者が射手座だったかららしいんですが」

「……ケンタウロス。射手座、か」

そのとき、丁度車が停車する。黒竹会の本部へと辿り着いたらしい。

門の前ではすでに到着していた白松組の面々と黒竹会の見張りが殺気立って睨《にら》み合《あ》っており、そこへ雪也が顔を出すと、入院しているはずの若頭と同じ顔が現れたので、黒竹の構成員たちが一瞬ざわついた。

「おい、何やってんだ」

表の騒ぎに気づき、中から黒竹会の幹部らしき男が現れる。そして雪也を見て表情を緊張させた。

「これは、白松の……」

「すみません、突然押しかけて。実はそちらの黒竹真さんに話があるんですが」

「……坊ちゃんの？」

男は怪訝《けげん》な顔で少し考え込み、「ちょっと待ってください」と言って一度引っ込んだ。

直後、「夏川さん！」という声に振り向くと、突っ込んできた光に強烈なハグをかまされ、衝撃に一瞬目の前が暗くなる。

「すみません、すみません、俺、夏川さんを置き去りにしてっ……」

「い、いいよ……いいから、涙と鼻水拭《ふ》けって……」

といってもティッシュがないので、仕方なく袂《たもと》で顔を拭ってやると、光は目を涙で光らせながら唇を噛み顎《あご》を梅干し状態にしてブルブル震えている。

「俺ってやつは……若頭の命令も無視しちまって……」

「仕方ねえよ。あの人はお前がそうするってわかっててああ言ったんだ」

「すみません……俺が馬鹿《ばか》だから……」

「もういいって。謝るな」

映を抱き締めてひたすら詫《わ》びている光を、雪也は顔をしかめて眺めていたが、強いて引き離しはしなかった。この愚直さゆえに調査から遠ざけられたという光だが、結局最後もその性質を利用されてしまったことになる。確かに彼の過失ではあるが、ここまで全力で懺悔《ざんげ》されると、映は少しも怒る気がしない。

少しして、黒竹の屋敷《やしき》から再び出てきた男は、「入ってこい」という意味でこちらに頷き、白松組の者らを引き入れる。

果たして、黒竹真は逃げも隠れもせず、しれっとした顔でいつものように実家にいた。類は日永が言っていた通り不在である。

鼻息も荒く乗り込んできた面々を見て、黒竹会側も極度の緊張を漲《みなぎ》らせ、ものものしい空気の中、まずは穏便《おんびん》に話し合いを、とその席を設《もう》け、広間で白松組と対峙《たいじ》する。

事件に巻き込まれた証人として、なぜか映は雪也の隣に座らされている。というよりも、映をもう片時も離すまいとする雪也が、ほとんど強引に同席させた形である。

「だから……僕は知らないと言っているじゃないですか」

いくら追及しても、真の答えは変わらない。

映は黒竹真を見たのは初めてだが、ひょっとすると自分よりもひ弱でか細く、ヤクザとは対極にあるような外見である。それでも、強面《こわもて》の猛者《もさ》がひしめくこの場所で、少しも物怖《ものお》じしていないように見えるが、いつもそうなのだろうか。

「そうは言っても、こっちの裏切り者があなたのことを白状したんですよ」

「そいつが適当な嘘をついたんでしょう。あの事件は、本当に僕や黒竹会とは関係ないところで起きたものです」

「てめえっ……いい加減にしろよぉ！」

光がいきり立って立ち上がる。すると、黒竹会側の若い面々も、何を、と気色ばんで畳を蹴《け》った。

一触即発の気配が漂う。

殺気が双方からほとばしり、肌を裂くような鋭い空気に支配される。

すわ抗争勃発《こうそうぼっぱつ》か、という状況とも見えたとき、「到着されました」と扉の向こうで告げる声がする。

こんなときに一体誰が来たんだ、とやや場の空気に戸惑いが混じり、誰もがそちらを注視する。

するどと、入ってきたのは極道には到底見えない、しゃれた格好のロマンスグレーの紳士であった。

「やれやれ……あと少しで入院だっていうのに、こんなところまで駆り出されるとはねえ……」

「え……」

映は思わず、その人物を見て唖然《あぜん》とした。

それは紛れもなく、少し前に事務所にやって来たかつてのパトロン、梶本源太郎《かじもとげんたろう》だったのだ。

「あ、あの……梶本さん？　ここで、何をされているんですか」

「おや、映くんじゃないか。君こそ、どうしてここに？」

映と梶本が気安く会話をした瞬間、室内がどよっとざわめいた。

「あ、映さん……あのお方と、知り合いなんですか……」

「知り合いも何も……あの人だよ。俺に今回の絵描いてくれって依頼したの」

雪也は絶句している。周りも、どうしてこの一般人がこの人物と親しげに言葉を交わしているのかと、驚愕《きょうがく》の形相《ぎょうそう》で映を見つめている。光だけが映同様によくわかっていない表情で異様な空気になった周囲をキョロキョロと見回している。

「映さん……あの方は通称『灰原力《はいばらちから》』と呼ばれている人です。関東の影の首領《ドン》といわれるとんでもない存在ですよ」

「へ？　か……影の首領……？」

「関東のヤクザをまとめる会合を提唱した人物です。東京の大手新聞社も彼の持ち物ですし、有力雑誌社やテレビ局にも腹心がいて、彼の指示ひとつで白も黒になるんですよ。政財界にも多大な影響力を持つ、いわゆるフィクサーと呼ばれるような人なんです」

そう言われても、何がなんだかわからない。どうやらすごい人物だったらしい梶本は、映を見て上機嫌でニコニコしているし、ただ日本画が好きな元会社経営者、という認識しかない映には、どうしても闇社会《やみしゃかい》での大物とは見えないのだ。

しかし、さすがにそんな人物がやって来てしまい、さっきまでドンパチが始まりそうだった室内はシンと静粛に静まり返っている。それは真も同様で、ふてぶてしいほど無表情だった顔がすっかり畏怖《いふ》と困惑の表情を浮かべていた。

「ど、どうして……灰原さんが、このようなところに」

「あなたのお父上に呼ばれたんです。ご病気だと聞いていましたが、まだまだしっかりとものを見通す目をお持ちですよ」

どうやら病床にある黒竹会長が、この事態を聞いて急いで梶本――灰原に仲裁を頼んだようである。

黒竹会も白松組も関東では最も大きい団体に数えられる。二つの組織が抗争などになってしまえば、その影響力、被害は計り知れないことを考え、わざわざ大きな力を持つ人物に連絡したのだろう。

「さて、どういう話でしたかな。白松組の若頭が撃たれたということは聞いています。その経緯を、説明してくださいますか」

「ぼ、僕は……何も知らないんです。それを、勝手に……」

「おや、そうですか……。実は、今留置場に入っている黒竹会の方に話を聞いてきたのですけれどね」

真の顔色が目に見えて変わる。灰原は恐らく警察とのコネクションもあるのだろう。本来ならば無関係の人間が会うことのできない容疑者に面会してきたというのは、よほどの人物でなければ不可能だ。

灰原がみなまで言わずとも、決定的な証拠を掴まれたと確信したのだろう。ついに真は青い顔で白旗を揚げた。

「……僕が……ヒットマンを雇いました。情報を、親交のあった白松組の方に聞いて」

「なぜ、そんなことを？」

飽くまで穏やかに、ゆっくりとものを言う灰原に、真は微《かす》かに震えながらも素直に応じている。

「父が倒れて……万が一のとき、兄が跡目を継ぐことになります。僕は兄を尊敬していますが……あまりにも真っ直《ま》ぐ《す》で、見ていて怖くなるときがある。それで、何とか兄がやりやすくなるようにしようと……これまでも、兄には言わず、陰ながらできる限り根回しをしていました」

ということは、真は今までも何かしらの裏工作をしていたということだ。ヤクザではないということだったが、やっていることはほとんど同じである。

「丁度最近知り合った白松組の方が、血気盛んな現在の若頭が次期組長になることを憂えていたので、僕の利害と一致しました。白松組と繋がりを持てれば、黒竹会はもっと利益を拡大できます。それに、白松組の若頭を狙撃することで彼の力は弱まり、そしてこちらは兄の敵対派閥が仕組んだことだと主張して、それが通れば一気に兄は今の組織で有利になります。うるさい連中を黙らせるには一度炎上させ、鎮火するのが効果的だと考えたんです」

「なるほど。それでは、今の時点では、最後の仕上げがまだ終わっていないのですね」

灰原は何もかも事情を呑み込んだ様子で頷いた。

真は龍二を襲撃し、現在警察にいる実行犯が、黒竹会の敵対派閥の差し金だとでっち上げるつもりだった。そして日永は、西原を内通者に仕立て上げるつもりだった。

日永は、西原を消すつもりでいた。それならば、真の方はどうするつもりだったのか。

「それじゃ……今捕まってる奴を、何らかの手段で消すつもりだったのか。保守派の手のものだという何かの証拠を作った後に、口封じで」

雪也が厳しい面持ちで見やると、真は目で肯定した。

「最初は、リスクが高過ぎると思った。そこまでのことはできないと。けど、白松組の……日永さんは、これは必ず成功すると言ったんです。自分はずっと計画を練ってきたから大丈夫だと。それに、僕がやらなくても、自分はやらなければならないんだと……。それで、心を決め

しまう。

「すべてを言い切った安堵《あんど》か後悔か、真はがっくりと肩を落とし、細い首を垂れて下を向いてました」

灰原は労《いたわ》るように肩を軽く叩《たた》き、誰一人微動だにしない一同に視線をやった。

「なるほど。これは、随分と込み入った背景があったようですね。互いの組織の問題を、手を組み、偽りの事件を作ることで解決しようとしていた……。これは大変なことです。実際作戦が成っていたら、陥れられた方はたまったものじゃない。二度とこんなことが計画されないよう、相応の戒《いまし》めが必要です」

厳しい声音《こわね》に、真の肩が揺れる。今ここに共犯者の姿はなく、真だけが白松組、黒竹会からの怒りの圧力を一身に受けている。

「ですが、幸い現在、まだ死者は出ていません。白松組の若頭も快方に向かっている。首謀者ともいうべき男は逐電しました。そして、今すべてを告白してくれた彼は、やったことは別として、盃《さかずき》を交わした組織の人間ではない。結局、すべてが露見して計画は失敗です。彼の希望した展開とは真逆の方へ物事は進むでしょう」

それは、真が意図した方向とは逆の、兄の類が苦境に立たされるという意味だ。大きな計画が生んだリスクは相応に大きい。真自身も、それを背負わなければならない。

けれど、次に灰原が発した言葉は、意外なものだった。

「どうでしょう。ここはどうか私の顔を立ててもらって、この黒竹真くんを、今後一切組織に関わらせない、接触させない、しばらく謹慎させる、ということで手打ちにしては」

　誰もが息を呑み、灰原を凝然と見つめている。

「今逃亡中の白松組の方については、組織内でのルールに則《のっと》って処罰してください。真くんは堅気《かたぎ》の人間ですから、黒竹会の方法で裁くのは酷ですので、私の裁断でということに」

　それを聞いて、真の目から涙があふれる。そして椅子《いす》から転げ落ちるように床に這いつくばり、一同に向かって頭を深々と下げた。

「申し訳……ありませんでした……」

　水を打ったような静寂の中、真のしゃくり上げる声だけが響いている。そのあまりに弱々しい姿に、誰もが毒気を抜かれた様子で戸惑い、互いの顔を見合わせ、灰原の言葉をどう受け止めればよいのかわからずにいる。

　ここで、この偉大なる仲裁役に逆らう判断は得策ではない。だが、明らかに不利益を被《こうむ》っているのは白松組の方である。結果的に、若頭に重傷を負わされ、黒竹会の方には大したお咎《とが》めなしということなのだから。

「……わかりました。従いましょう」

　何とも言えない空気を、雪也のひと声が破る。

「俺は今回に限り、組長の名代《みょうだい》としてここに来ています。元々、内通者を出したのも、こちらの監督不行き届き。白松組にまったく責がないわけじゃない。けじめとして、こちらの尻《しり》はこちらで拭います。後は、灰原さんの判断の通りに」

有無《うむ》を言わせぬ気迫があった。あれほど報復だと騒いでいた若い衆や光が、憑《つ》き物《もの》の落ちたような顔で沈黙した。

黒竹会も、それに続いて、灰原の言葉に従う意を示す。

灰原は穏やかに微笑《ほほえ》み、ぽんと手を打った。

「では、これにて一件落着、ということで」

獣は眠る

事件は意外な大物の登場で収束し、雪也《ゆきや》はようやく白松組《しらまつぐみ》から解放されることとなった。

しかし、すべてが片付いたのではなかった。手打ちのあった翌日、地方から戻ってきた黒竹《くろたけ》類《るい》が、事情を聞いてその足で再び白松組を訪れたのだ。

「本当に……申し訳なかった！」

組長と雪也、良輔《りょうすけ》の前で、類は額《ひたい》を畳に擦りつける。巨大な岩山がこんもりと座敷《ざしき》の中央に鎮座しているようだ。

「あいつが……真《まこと》が、そんなことをしでかしてたなんて、知らなかった！　とんでもねえ迷惑をかけた！」

「類……」

ブチ切れるのも猛烈だが、謝罪も同じくらい激しい。鼓膜が破れそうな大音声である。

「今回は灰原《はいばら》さんがことを収めてくれたが、そっちの若頭が撃たれたってのに、こっちがこのまま何もねえなんて片手落ちだ！　だから俺はここで、指を詰めさせてもらう！」

「いやいやいや、待て待て待て‼」

懐《ふところ》から小刀を取り出して自分の小指を落とそうとする類を、慌てて雪也と良輔が押さえつけて止めさせる。

組長は真正面で腕組みをし胡座《あぐら》をかいたまま、呆《あき》れた顔で必死の形相《ぎょうそう》の類を見やった。

「あのなあ……若頭さんよ。せっかくあの灰原さんが出向いて、手打ちにしてくれたところを、何であんたが勝手に指詰めるんだ。そりゃ、灰原さんの顔を潰《つぶ》すってもんだろう」

「いや、しかし……これじゃ、俺の気が済まねえ……」

「だからな。まあ、弟を管理できなかった責任はあるだろうが、そのしっぺ返しはもう受けてるだろう。弟は謹慎、あんたの立場はきっと悪くなってる。それで十分じゃねえか」

類は唸《うな》って下を向く。組長の言うことは当たっているのだろう。

「これからもっと大変なことになる。あんたはもううちとのことは忘れて、自分の組織のことに集中しなさい」

巨体から力が抜け、雪也たちはようやく押さえつけていた手を引いた。もはや小指を詰める元気もなく、類はノロノロと小刀を懐にしまい込む。

「で……、弟はどうしたんだ。まさか、ぶっ殺しちまったんじゃねえだろうな」

「最初はそうしてやるつもりだった」

自分の小指を詰めようとしたほどだ。それくらいやってもふしぎではない。

「けど、あいつが……兄さんのためにやったんだって泣きながら言うからよ……俺は自分自身が情けなくなって、あいつをぶん殴ることもできなかった。あんなしょっちゅう喘息《ぜんそく》の発作起こしてるような奴《やつ》に、そこまで心配かけてたのかと思うとよ……」

「……体は弱いかもしんねえけど、あの人、中身はだいぶ強いと思うぞ」

「そうか？　ああ……まあ、そうかもな」

類は顔を上げ、遠くを見るような目つきをする。

「俺はずっと、あいつに甘えてきた。何でもかんでもあいつに話して、心の中の重いもん、押しつけてきた……俺は吐き出すだけで満足して、あいつがそれを解決しようと動いてたことに気づいてやれなかった……」

「そういう相手は、弟しかいなかったのか」

まあな、と類は苦笑する。

「あいつ、優しいからよ。兄さん、って慕ってくれるし……楽だったんだ。一緒にいると。癒《い》やされるっつうかな」

肉親の愛情に飢えていた類。母親に無視され、唯一の居場所と見つけた場所では派閥争いがあった。

戦い続ける獣には、休む場所が必要だ。それが、弟の真だったのだろう。血の繋《つな》がりがあり、自分を兄と慕ってくれ、何もかも受け入れてくれる。その優しい存在に、類は依存していたのかもしれない。

その憔悴《しょうすい》した表情に、雪也は静かに声をかけた。

「なあ、類。何か困ったことがあったら、俺に言え。できることならやってやるから」

「り、龍一《りゅういち》……」

類は驚いて、「お前、何言ってんだ」と口を歪《ゆが》める。

「俺は今日でここの暮らしもしまいだ。役目は終わった。だから、一個人としてならお前の助けになってやれるって言ってんだよ」

「……妙なこと言いやがる。お前に頼るようになったら、俺ぁおしまいだよ」

「じゃあ、しまいになる直前に言ってくれりゃいい。骨くらいは拾ってやる」

類は破顔し、初めて追い詰められていた表情が抜けた。

滅多《めった》に見ない猛獣の笑顔は、殊の外、幼く見えた。


「上手《うま》いな。これで黒竹会に存分に貸しができた」

類が帰った後、良輔は笑って雪也の肩を抱く。

「貸し、か。まあ、類が無事に次期会長になれば、だけどな」

「なれるだろ……あいつよりパワーのある奴なんて、黒竹会にいるか？　上に立つ奴は完璧《かんぺき》じゃなくたっていい。周りに人が集まる奴がいいんだ」

そう言った後、ふいに良輔は改まった顔で雪也を見つめる。

「お前さ、龍一……。マジで、戻ってこねえか？」

「冗談言うなよ。有り得ねえよ。俺がとっくに家出てんの、知ってるだろ」

「冗談なんかじゃねえよ。俺は、お前はやっぱりすげえと思った。類の胆力とやり合えたのはお前だけだったし、真が黒幕だって最初に言い切ったのもお前だ。恋人に発信機仕込んだのはヤベェし怖ぇが結果的に日永《ひなが》の居場所突き止めたし、灰原さんの手打ちのときだって、お前はあの場を支配してた」

良輔は真剣に雪也を説得しようとしている。途中気になる表現はあったが、真摯《しんし》に胸に響く言葉だ。

「龍一、お前はやっぱりうちに必要だ。俺だけじゃねえ、他の連中も、組長だってそう思ってる。十年いなかったのなんか感じさせねえくらい、お前は存在感があった」

「そう言ってくれんのは、有《あ》り難《がた》いけどよ……やっぱり、俺には無理だよ」

「龍一……」

「龍二《りゅうじ》が撃たれたって聞いたときも、ああ、心底嫌な世界だと思った。俺は、ここにいる覚悟がねえよ。簡単に命が消えるのを見るのは、もうごめんだ」

良輔は残念そうに「そうか」とため息をついた。

一時的な帰還で評価されても、雪也は自分がそれに値《あたい》するとは思っていない。殺された仲間の記憶はあまりに強烈で、未《いま》だ心に深い傷を残している。

今回冷静でいられたのは、龍二が生きているからだ。もしも、弟が殺されていたら――そのとき雪也が迷わずとる行動は、到底今の良輔の賞賛が貰《もら》えるものではないだろう。

＊＊＊

雪也はようやく汐留《しおどめ》のマンションに帰り、ソファで涎《よだれ》を垂らしてうたた寝をしていた映《あきら》を、力いっぱい抱き締めた。

「んあっ。ビビったあ……帰ってたのか」

「もう少し歓迎してくださいよ。何で寝てるんですか」

「だって……色々あってやっぱ疲れたし……」

確かに、映は昨日日永に拉致《らち》されて緊縛され、少々イタズラされた後また連れ去られ、その後置き去りにされてようやく保護される、というなかなかハードなスケジュールだった。しかも、極《きわ》めつけにはパトロンが裏社会の大物だったという衝撃の事実を目の当《ま》たりにしたのだ。心身ともに疲弊しているのは仕方がない。

「そうですね……。本当に、お疲れ様でした」

「いやいや、お疲れ様だったのはアンタだろ。俺はせいぜい光《こう》に張りつかれてただけだったし……」

「それでも、しなくていい苦労をさせました。日永さんの件は特にそうです」

「いや、別に……。雪也が発信機つけてくれてたお陰で助かったし」

この人は自分が全裸で縛られていたことなどどうでもいいのだろうか、ああそうか慣れているからか、とまた嫉妬《しっと》と妄執の炎が燃え上がる。こちらを気遣って何でもないふりをしてくれているのだろうに、それでも雪也は映に関して沸点が低過ぎる。

「それにしても……俺たちが出会ってから何回目でしょうね。あなたが襲われるトラブルに出会うのは」

「えっと……率直に言って覚えてねえわ」

「覚えきれないほどたくさん、ということですよね」

小柄な体を抱き締めて頬《ほお》ずりしながら、雪也は深々とため息をつく。

「やっぱり俺はあなたの側にいないとダメみたいです……不安で仕方がない……発信機くらいじゃやはり心許《こころもと》ありませんよ……」

「いや、発信機って結構十分なアレだったたと思うけど」

「俺はあなたを自分の視界に収めていないとだめなんです……いつでも手の届くところにいて、こうして抱いていられないと……」

散々抱き締めて、頬ずりをして、キスをして、髪や肌の匂《にお》いを胸いっぱいに吸い込んでいるだけで、優しい幸福感とともに欲望が迫り上がり、早々に股間《こかん》は硬くなる。それを映の太腿《ふともも》にグイグイと押しつけていると、呆れた顔をしながらも、じわりと甘い匂いが立ち上ってくるのは、映自身も期待をしているからだ。

「もう……帰ってきて早々にかよ」

「そういう男じゃないと、あなたの相手は務まらないと思うんですが」

「俺、そんな年がら年中発情してるわけじゃねえし」

「本当ですか？　それなら……俺のこれ、慰めてもらえませんか。俺はとっくに発情しちゃってるんで」

発情していないと言いながら、頬を紅潮させて目を潤ませ、唇を舐《な》めて上目遣いに見つめてくる。無意識なのだろうが、ほとんど熟《う》れた娼婦《しょうふ》の媚態《びたい》だ。

「どうすればいい？」

「触ってください、俺の……」

映は従順に雪也のベルトを抜き、前を開いて、ボクサーパンツの中から勃起《ぼっき》したものを取り出す。「もう、こんな……」とどこか嬉《うれ》しそうに呟《つぶや》きながら、白魚《しらうお》のような手でゆるゆると扱《しご》き始《はじ》める。

「気持ちいい？」

「ええ……いいですよ、あなたに触れられているだけで……」

「こうしてるだけでいいのか？」

もの問いたげに濡《ぬ》れた赤い唇。眦《まなじり》の仄赤《ほのあか》く染まった目元。

甘やかで美しい色香に、雪也は生唾《なまつば》を飲む。

「映さんは、どうして欲しいですか？」

「じゃあ……俺のことも、いじって……」

素直なおねだりに、鼻血が出るかと思うほど興奮する。引きちぎるようにして帯を解き着物を剝《は》ぐと、所々に縄目の痕《あと》があり、腹の奥が熱くなった。

「まだ、痕が少し残ってますね……」

うっ血した痕跡《こんせき》に他の男の影を見て、嫉妬の炎が燃え上がる。思わずそこをきつく吸い上げ、自分の痕跡で上書きしながら、映の全身を愛撫《あいぶ》する。

映はソファの上でなまめかしく身をくねらせ、雪也の与える感触に敏感に反応した。

そのしなやかさはまるで猫のようだ。なんていやらしい生き物なんだろう。

こんなものがすぐ側にいたら、そりゃ連れ去りたくもなる。ましてや、自分と嗜好《しこう》の似通った男なら尚更《なおさら》だ——と、雪也は消えた日永の忌《い》ま忌《い》ましい痕跡を執拗《しつよう》に搔《か》き消《け》そうとする。

「本当に……最後までは、されてないんですよね？」

「されてない……何で……？」

「いえ……もしかして、ヤクザとしてみたかったんじゃないかなと思いまして」

「そんなわけねえだろ……何か、真珠とか入ってそうだし」

古典的な発想に、思わず笑みがこぼれる。確かに、そういう話を聞かないではないが、雪也の周りではあまり見ない。

「今時そんな人滅多にいないと思いますけどね……日永さんは知りませんが」

「あれって……気持ちいいのか？　何か痛そう……」

「疑似体験してみます？」

ふいにいたずら心が起きて提案してみると、映はキョトンとして首を傾《かし》げた。

以前龍二に押しつけられた道具の中にそんなようなものがあった気がする。使ったことはないが、少し試してみるのもいいかもしれないとほくそ笑んだ。

「あ、あっ……、はあぁ……」

散々舐め回し後ろも蕩《とろ》かせた後、ソファに腹這《はらば》いにさせてゆっくりと挿入する。

「どうです……？　痛いですか？」

「い、痛くはない、けど……あ、何か、ざわざわするっ……」

雪也のものにはシリコン製の柔らかな突起がイソギンチャクのように無数についたゴムがはまっている。弾力がありローションをたっぷりと使っているので痛みはなさそうだが、やはり違和感が強いようで映は混乱したような表情だ。

「どんな感じですか……？　気持ちいい？」

「いい、っていうか……、あっ……すごい、中、ぞろぞろ撫《な》でられてるの、わかる……」

「くすぐったい……？」

「ん……、それより、何か……、あ……気持ち、いい、かも……、あっ、う、あぁ」

細い腰を摑《つか》んで映の好きな奥をずんずん突いてやると、綺麗《きれい》な背中が弓なりになって、白い肌が汗で濡れて光り始める。ねっとりと腰を使ってストロークを大きくしてみれば、じゅっぷじゅっぷとローションをかき混ぜる音が響き、激しく動くと、いつもよりも映の快感を示す震えが大きくなったような気がする。

「ふあぁ、あ、いぃっ、い、あ、すご、すご、い、あっ……」

「このゴム……気に入りました?」

「んっ、ん、ふ、あ、変、だけど、ゾクゾクするっ、あ、中、すごい、引っ掻き回されて、あっ、あ、ひぁあ」

初めはどうかと思ったけれど、存外気に入っているようである。というよりも、この淫乱《いんらん》な男はどんなものを使われても結局快感を覚えてしまうのだ。

雪也のペニスを舐めているだけで勝手に達したような人である。何でも快楽に結びつけてしまう回路ができていて、脳内麻薬がひとりでに出てくるような体なのに違いない。

「あなたは本当に好き者ですね……こんなもので、よくなってしまうなんて」

ただでさえ尻《しり》に深々と入れられて揺すぶられるのが大好きな映が、敏感な粘膜を無数の突起《とっき》でぞろぞろと撫でられるのはたまらない快感なのだろう。前立腺《ぜんりつせん》の辺りをそのままゴリゴリと執拗に強く捲《まく》り上《あ》げてやると、映は悲鳴のような声を上げてビクビクと大きく痙攣《けいれん》する。

「ひいぃ、あ、や、だめ、そんなに、あ、うあっ、あ、あああ」

「だめじゃないでしょ……好きなんでしょう、こうされるのが」

震えて悶《もだ》える体をそのままひっくり返し、反り返った極太の男根で更にグリグリとしこりを押し上げると、映はヒイヒイと泣きながら激しく精を噴き上げ、夥《おびただ》しい精液をビシャビシャと自《みずか》らの顔に浴びた。

「んうぅ、あ、うぁ、あ、あ、すご、あ、いい、あ、ぁ」

「あなたは本当……クスリいらずですね……こんなものでも、何でもいいんですね」

「は、あぁ、んっ……、雪也、なら、何でも……いい……」

噴火しそうだった頭が、いよいよ暴走寸前にまで昂揚《こうよう》する。

「俺はね……本当は、あなたとの間に、薄いゴムすらあることが許せないんですよ……」

慣れない感覚に悶える映を見るのもなかなかのものだったが、やはり自分の体ひとつで気持ちよくなって欲しい。

道具でも何でもとにかく嫉妬してしまう自分に内心呆れつつ、込み上げる衝動に耐えかねて、雪也は一度ペニスを引き抜き、ゴムを剝いで、改めてローションで剛直を濡らし突き入れた。

「あうっ！　あ、ふあぁ……」

「ああ……ようやく、あなたと密着できた……」

感動に打ち震え、思わず射精しそうになる。

映と正面からぴたりと抱き合い、最奥《さいおう》まで埋めたペニスも熱い粘膜にみっちりと包まれている。

「うん……やっぱり……全部雪也がいちばん気持ちいい……」

「……嘘《うそ》つきですね。でも……信じてあげます」

ゆっくりと映の中を味わうように腰を回す。いちばん気持ちいいというのも嘘ではないようで、先ほどよりもきつく締めつけてくる。まるで、口いっぱいに頰張ったものを隅々まで味わうように。

「ああ、あ……大きい……あ、いい、すごい、あ、あ」

「俺の……好きですか？　ずっと、欲しかったですか？」

「ん、う……、ほ、しかった……雪也がいないと、俺……あ、い、あ、はあっ、ん、う」

愛《いと》おしさがあふれ、激しく赤い口を吸う。映を強く抱きしめたまま、唇を貪《むさぼ》り、深々と何度も突き上げてやる。

きめ細かな皮膚からドッと汗が噴き出、映は甘い匂いを散らしながらビクビクと震えて、また小刻みに射精する。

「んぅっ、ん、ふ、あ、はあぁ……」

「いいですか？　映さん……気持ちいい？」

「い、いぃ……あ、雪也の、いい、ん、は、ああ」

「っ……、映さ……、あ、あ」

自ら求めて腰を蠢《うごめ》かすその刺激に、雪也もたまらず精を漏らす。最奥に生温かなものを放たれ、映は「あっ」と甲高い声を上げて、大きく痙攣して潮を噴く。

固く抱き合った二人は、休む間もなく互いを求めあっていつまでも揺れている。そのまま何度も達し、体液でずぶ濡れになるまで、交わり合った。


長々と楽しんだ行為で汚れた体を一緒に洗い、二人で湯船に浸《つ》かりながら、ようやく落ち着いた心地になる。

　帰ってきてすぐに発情してしまい行為になだれ込んだので、ようやくまた以前の生活に戻れるというのに、何の感慨もなく、いつも通りに盛ってしまった。しかし、映があまりに可愛過《かわいす》ぎたので、仕方がない。

「それで、雪也はもう実家に戻んなくていいのか？」

「ええ。とりあえず、今回の事件は収束しました。日永さんは逃げたまま行方知《ゆくえし》れずですが……ああ、そうそう。あのメモを渡してきた女性も、実は今消息不明になっています」

「え？　まじかよ……日永さんと関係があったってこと？」

「恐らく。彼もあの店にはよく行っていたようですので……今一緒にいるかはわかりませんが。後は龍二が回復して退院すれば元通り……というわけにはいきませんが、ひとまずはおしまいです」

「そっか。……正直、年越しちまうかと思ったけど……早く終わって、よかった」

　ちゃぷ、とお湯を鳴らして、雪也の胸にぴたりと頬を寄せる映。その重みと温かさが嬉しくて、雪也は改めて幸せを噛《か》み締《し》め、愛おしい体を抱き締める。

「色々……大変だったな」

「そうですね……今までの事件とは、また違った種類のものでしたからね」

「あんたも、辛いことあっただろうしさ……」

　映の口ぶりに、日永のことを言っているのがわかる。確かに、彼に影響を受けていたこと、信頼していたことを打ち明けていたので、彼の裏切り行為や蒸発に大きな衝撃を覚えていることは隠しようがない。

「あの人さ……思うんだけど、雪也が白松に戻ってきて、このこと解決するの、わかってたような気がする」

「え？」

思わず、間抜けな声が漏れた。

（日永さんが……俺が事件を解決するのを、わかっていた？　自分が立てた計画を、ダメにされるのを予想していたってことか？）

これまで考えもしなかった映の言葉に、にわかに困惑する。

「どういうことですか……自分の企《たくら》みがバレたら、彼自身が追い詰められてヤバくなるだけじゃないですか」

「そうなんだけどさ。あの人、雪也を組長にしたいって言ってた。長いこと計画してたって、あの真って奴も証言してたよな」

「ええ……。日永さんの方に、強い意志があったと言ってましたね」

「それに……覚えてるか？　あの人が最後に言った言葉」

「最後の、言葉……」

嫌な記憶だった。縄で縛った映を盾《たて》にして、日永は余裕の顔つきでこう告げたのだ。

――人には役割ってもんがあるんだ、龍一。俺はそれを全《まっと》うしたまで。今度は、お前の番なんだぞ。

——お前はいずれ、必ず極道の世界に戻る。

「覚えてますけど……」

「あの人は、多分自分がことを起こし、それを雪也に収めさせる。そういう役割だと決めていたんだと思う。それを全うしたって言ってたんだ」

「どういう、ことですか……どうして彼はわざわざそんなことを……」

「雪也が事件を解決する。白松組の中であんたの株が上がる。やはり、組長に相応《ふさわ》しいのは長男の方だと……そういう声も上がる」

雪也は絶句した。映の言わんとしていることを察したのだ。

組長に相応しいとは言わなかったものの、良輔が最後に口にしたのは、まさしくその言葉だった。

「それを最終的な目標として、あの人はすべてを計画したんじゃないのか。もちろん、これは結託した相手の黒竹真には伝えていない。バレることが前提の企みだなんて、そりゃ言うわけないけどな」

「まさか。そんなの、捨て身じゃないですか」

「そうだよな……。でも、そういうのを厭《いと》わない人のような気がする。自分は組から消えることになるけど、それだって構わないはずだ。むしろ、そういう風に、自分の組員としての立場を、意味のある形で終えたかったんじゃないのか。自分が白松組に戻ったのはこのためだったんだと、雪也が組を出たときに思いついちまったのかもしれない」

雪也は黙り込む。そんな馬鹿《ばか》な、と一笑に付すことはできない。映の言葉に、納得する部分があった。

「……もしも本当にそうだったとしたら……俺は、あの人が心底怖い」

良輔の言ったことを考えてみれば、日永は計画を失敗したのではなく、完璧に遂行したことになる。

まさかと思う。あり得ないと思う。しかし、映の推理に当てはめて彼の行動を振り返ってみると、そうとしか思えなくなってくるのだ。

「やっぱり、俺は少しもあの人のことを理解できていなかった。そこまでして、俺を上に据えたかっただなんて……」

「何となくだけどさ……日永さんが抗争で父親亡くしたって聞いたときから、ちょっとそうかなと思ってたんだ」

映は雪也の手を摑んで、自分の指を絡ませて遊んでいる。

「実際、日永さんは抗争を憎んでた。あの人、俺にベラベラ喋《しゃべ》ってくれたよ。自分と似た部分のある雪也なら、抗争のない組織にできるかもしれないって。でも、結局あんたは組を出た。残ったのは、好戦的な龍二さんの方だ。彼は不満だっただろう。そんなときに、黒竹真と接触した。それで、計画を実行するときだって思いついたんじゃないか」

「あの人は……随分、映さんに色んなことを話したんですね」

「俺が、こうして雪也に伝える役割だったからだよ」

なるほど、と思わず感心してしまう。映に話したことは後でこうして雪也本人に伝わる。そんなことまで考えていたとは、驚きを通り越して呆れすら覚える。

「まるで、盤上の駒《こま》ですね。あの人は他人をよく理解していた。どうすればどう動くか、思考を先読みして先手を打つのに長《た》けていた」

「うん……でもあの人、自分でも雪也たち兄弟にどういう感情を抱いてるのかわからない、って言ってた。他人のことはよくわかってても、却《かえ》って自分のことは見えてなかったのかもしれねえな」

あれだけ長い年月をともに過ごしていたのに、たった少しの時間しか一緒にいなかった映の方が日永のことを理解している。そのことに思うところがないではないが、近過ぎて見えないということもあるのかもしれない。

それとも、映には日永にどこか感じるところがあったのだろうか。二人が似ているとは思わないけれど、決して見せない部分を隠し持っているという点では共通しているような気がした。

「あ……ところで、映さん。灰原力《ちから》の件なんですが」

「え？　ああ……、梶本《かじもと》さんか。その名前で呼ばれると誰のことかわかんねえわ」

そう、あの闇社会《やみしゃかい》の大物が、まさかしれっと映のパトロンになっていたとは思わなかった。今回の事件で、もしかするといちばんの衝撃かもしれない。

「あの人と、どうやって知り合ったんですか」

「どうやって、って……普通に、君の絵のファンだって声かけられて、それから続いてるだけだけど」

「あの人の素性を知らなかったんですよね？」

「ただの絵画好きの会社経営者だと思ってた。愛妻家で、奥さんは六年前くらいに亡くなって、今は引退して息子が会社継いでるっていう……そういうことしか聞いてねえもん」

「パトロンってそういうものなんですか？　相手のことは別に調査したりしないんですか」

映はうーんと唸って首を傾げる。

「そうだなあ……俺は別に気にしなかった。今回梶本さんがすげえ人だったっていうの知ってびっくりしたけど、でも、俺にとっての梶本さんは別に今までと何も変わらないし。絵の依頼も引き続き受けてるし」

「あれから連絡が来たんですか？」

「うん。あとどのくらいで終わるかって言うから、もう少しって答えた。また明日から公園行くから、雪也、付き合ってよ」

本当に何事もなかったかのように、この奇妙な探偵と奇妙なパトロンの関係は続いているらしい。関東有数のヤクザがあわや抗争という場面を目の当たりにしていたというのに、平和な日常に何の疑問もなく戻っている。

映のこういうざっくばらんなところに、適当過ぎると呆れながらも、秘《ひそ》かに畏敬《いけい》の念を覚える雪也であった。

＊＊＊

数日後、公園の絵も無事完成し、梶本はそれを受け取って飛び上がって喜びながら映に何度も礼を言った。

同席した雪也はひどく緊張したが、映に向き合う梶本は本当にただの好事家《こうずか》のパトロンにしか見えず、雪也にも白松組のことなど少しも聞かず、ただ映の絵をべた褒めして、謝礼を渡し、茶を飲んであっさりと帰っていった。

そんなことをしているうちに、もう十二月に突入し、世間はクリスマスムード一色である。

「はあ～。もう少しで今年も終わるのかあ……。一年が早ぇなあ」

「おっさんみたいな発言ですね。まあ、俺も同感ですが……」

いつも通りの日常である。昼近くになってから事務所に出向き、今日も今日とて閑古鳥《かんこどり》の鳴いている暇な時間を、銘々適当なことをやってやり過ごし、夕方を過ぎると自宅に戻る。

こんな生活を送っていると、つい先日までのものしい雰囲気の中で事件を追っていたことが嘘のようだ。

（やっぱり俺にあの世界は似合わない……。戻るなんて考えたこともないし、戻りたいとも思わない）

そう、雪也自らはあそこへ帰ることはない。

ただ、向こうの世界からこちらに飛び込んでくるというパターンはあるわけで。

「おう、兄貴ィ！　今日も子猫ちゃんとイチャついてんのかあ⁉」

バアンと勢いよくドアを開けて入ってきたのは、入院していたはずの龍二である。

あり得ないほど早過ぎる回復に、映は椅子《いす》から転げ落ちそうになって呆然《ぼうぜん》としている。

「へっ……⁉　嘘、龍二さん……？」

「おう、俺だよ、オレオレ！」

「まさか容態が急変して、幽霊が来てるんじゃないだろうな」

「おいおい……テメエ、そういう縁起悪いこと言うか？　本物だってわからせるためにぶん殴ってやろうか？　アア？」

サングラスをずらして、雪也を睨《にら》みつける龍二。一触即発の空気を破ったのは、後からまた勢いよくバアンと入ってきた光だった。

「久しぶりッス！」

「え……、光じゃねえか！」

映は光の顔を見た途端、嬉しそうに破顔する。

「うわ、元気だったか？　本当久しぶりだなあ！」

「ッス。ご無沙汰《ぶさた》してるッス」

これまでずっと張り付かれていて毎日一緒だったので、少ししか離れていなくともだいぶ会っていないように思うのだろう。

　意外と光のキャラクターを気に入っているらしい映は、龍二にくっついてきた光の登場にキャッキャと喜んでいる。

　一方、光の方はどこかそわそわとして落ち着かない様子だ。映の顔もろくに見られず、どこか赤い顔をしてうつむいている。

　最初汐留のマンションに来たときの仏頂面《ぶっちょうづら》とは百八十度違う態度。

　話しかけてもあまり明瞭《めいりょう》な返事がないので、映は少し心配げにその顔を覗《のぞ》き込《こ》む。

「おい、光、どうした？　もしかして、何か具合悪い？」

「いえ、その……俺、実は、夏川《なつかわ》さんに言いたいことがあって」

「俺に、言いたいこと？　え、何だよ」

（これは……まさか）

　雪也の中で警戒音が鳴り響く。だが、映はまったく気づいていない顔で光の言葉を待っている。

　ヤバイ、と一瞬で確信し、雪也は光の次の台詞《せりふ》を遮ろうと一歩踏み出す。

「あ、あのなあ、光……言っておくが、この人は俺の」

「夏川さん！　俺、アンタに惚《ほ》れちまったみたいッス！」

　――間に合わなかった。

　この猪突猛進《ちょとつもうしん》の勢いと空気を読まない鈍感力に負けた。

がっくりと崩れ落ちたいような気分を叱咤《しった》して、雪也は光に詰め寄る。

「おい、光……。お前、知ってんだろうが。この人と俺の関係」

「知ってるッス。でも、俺、嘘つきたくねえんス」

「え～マジ？　光まで落としちゃったの？　子猫ちゃん、凄腕《すごうで》のヒットマンじゃん！」

龍二は今は自分しか使えないデリケートな表現で腹を抱えてゲラゲラ笑っている。

当の本人は何を言われたのかわかっていない顔をして棒立ちになったままだ。

「へ……？　え、光、お前、どうしたの？　ホモすげえ嫌いだったじゃん……？」

「そうなんスけど、何か……俺、途中から仕事じゃなくて普通に夏川さんのこと守りてえって思ってて……そんで、若頭のこと話したとき、すげえ優しくしてくれて……最初は、若頭の嫁さんになって、姐《あね》さんって呼んでみてえなあなんて思ったんス。でも、日永さんに拉致られた後、そういうんじゃねえって気づいて……俺、この人を自分だけの姐さんにしたいんだって……」

色々突っ込みたい部分満載だが、なるほどそうですかと引き下がるわけにはいかない。

雪也は映と光の間に割り込み、眼光鋭く牽制《けんせい》する。

「光。いいか。お前が嘘がつけない奴だってことは知ってる。その正直さがお前のよさでもある。けどな、この人は俺の恋人で、お前の崇拝する若頭がちょっかい出してる相手でもある。諦《あきら》めろ」

「いやッス。っていうか、できねえッス」

「まだ傷が浅いうちに退け。感染したてのお前には助かる道があるはずだ」

「人の心は変えられねェッス。俺の心は尚更一本道ッス。進むしかねえんス」

「お前らの会話、スゲエ馬鹿で面白いんですけど～！」

いくら説得しようとしてもまるで通じていない光と、その横でゲラゲラ笑っている異常な回復力の龍二という、少し前までは想像できなかった、冗談のように平和かつ奇怪な光景である。

（しかし……まさか、この筋金入りのゲイ嫌いだった光まで落としちまうとは……）

恐るべし、フェロモン体質。トラブル体質もそうだが、こちらもやはりどんどんパワーアップしてきている。

やはり発信機くらいではもう危ないような気がしてきた雪也は、最終手段の監禁しかないのではと思い詰め始めている。この歩く撃墜王は関わる男すべてを堕落させかねない。

そうだ、これは自分のためだけではなく、世の男たちのためでもある。映を閉じ込めるのは合法であり義務なのではないか。

頭がいい感じに煮詰まり始めたとき、はたと肝心なことに気づく。

「そういえば……お前ら、ここに何しに来たんだ」

「え？　あー、そうそう。一応、今回色々やってもらった礼だ」

返品不可、と置かれたのは菓子折りである。中に何が入っていてもあまり受け取りたくはないが、後がうるさいのでとりあえず貰っておくしかない。

龍二は馴《な》れ馴《な》れしく雪也の肩を抱きニヤついている。

「世話かけたな。兄貴の活躍の話は聞いた」

「特に何もしてねえよ。俺は手伝っただけだ」

「せっかくこの俺が礼言ってんだから素直になれって」

言ってねえし少しも感謝の態度じゃねえだろ、と心で突っ込みつつ、退院後すぐにやって来たであろう弟の気持ちは十二分に伝わっている。元々、自分が負うはずだった責任を押しつけているという負い目がある。口にこそ出さないが、できる限りの協力はこれからも惜しまないつもりだ。

あ、そうだ、と呟き、ついでのように龍二は自らの懐に手を入れる。

「それと、これ。お前宛《あ》てに届いたぜ」

危険物じゃねえことは確認済みだ、と言って渡してきたのは、何の変哲もない一通の茶封筒である。

差出人の名前はない。しかし、その筆跡には見覚えがあった。

――お前はいずれ、必ず極道の世界に戻る。

その言葉が、未だ呪《のろ》いのように頭にこびりついている。

「これ……いつのだ」

「一昨日《おととい》だ。消印は神戸……もうそこにゃいねえだろうが、一応探させてはいる」

今、どこに日永がいるのか誰にもわからない。これは大事な手がかりになるかもしれないと思い、雪也は慎重に封を開ける。

中に入っていたのは一枚の便箋《びんせん》と写真。

『繰り返したくないなら、戻れ』

写真は、縛られたまま、まだ意識のない映である。そして、その白い喉元《のどもと》には、酷薄に光るナイフが押しつけられている。青白く写ったその肢体は、まるで死んでいるようにも見えた。

全身がぞわりと粟立《あわだ》った。

毛が逆立つような、悪寒《おかん》と恐怖。

(そう……あのとき、映さんは殺されていてもおかしくなかった)

トラブル体質でさらわれることに慣れているが、無事なのはただ悪運が強いだけの偶然だ。何度命を危険に晒《さら》されたかもわからない。

このメッセージは、映から離れて組織へ戻れと言っているのか。自分が映の側にいると、更に彼が危ない目にあうというのか。あのときの、拉致されて殺された仲間のように。繰り返したくないから離れたというのに、それは無駄だと囁《ささや》いているのか。

凍りついていると、ヒョイと映が横から雪也の手元を覗き見る。

「アナログだな～ポラロイドかあ」

「ちょっ……見ちゃだめですよ!」

「何で? 俺の写真じゃん。俺が見て何が悪いんだよ」

そういうことじゃありません、と慌てて写真を封筒にしまう。自分が恐ろしい目にあった写真だというのに、映はまったく緊張感がない。

「撮られてるだろうなと思ってたし、大丈夫だって。あの人変態っぽかったし」

「そうじゃなくて……危ないところだったんですよ、あなたは」

「平気平気」映は緩んだ表情のまま笑っている。「だって、雪也が守ってくれんだろ？」

不意を突かれたように、何も言えなくなった。

（そうだ、何を怯《おび》えていたんだろう）

今度は絶対に離れない。何があろうと側にいる。そう誓ったばかりではないか。

熱い想《おも》いがこみ上げ、その体を抱き締めようとすると、「ハイハイ！」と喚《わめ》く光に押しのけられる。

「俺も守るッス！　今度は絶対ずっと側にいるッス！」

「どうだかなア……お前、すぐ騙《だま》されっからな。ここはやっぱ俺が守ってやんなきゃな、子猫ちゃん。一度死にかけて戻ってきた男は強いぜ？　どこもかしこもな」

外野がうるさくて、ロマンティックな場面どころではない。雪也が「お前ら、もう帰れ！」と叫ぶと同時にドアが開き、今度は夏川兄妹《きょうだい》が入ってくる。

「あーちゃん、元気～？　近くに寄ったから遊びに来ちゃった！」

「ん？　何だかまたおかしな奴らがいるじゃないか……龍一！　妙な連中を呼んで映に悪い影響を与えないでくれないか！」

「え、何スかこいつら……若頭、やっちゃっていいッスか」

「あー、待て待て。カタギさんに手ェ出すなよ。っつうか、手出ししたら却ってヤバイ奴らのような気がする」

一気に狭くなった事務所にやかましさが二倍になり、映と雪也は疲れた顔で目を合わせ、思わず噴き出した。

暇で平和な日常は長続きしないのが夏川探偵事務所だ。

色々あった一年の締めくくりも、なかなか穏やかにとはいかないようである。


その夜、雪也がさすがに昼間の疲れに耐えかねて眠りに落ちた後。

映はこっそりとベッドを抜け出し、着信履歴に残っていた番号に電話をかけた。

『……もしもし』

「よかった。まだ起きてらしたんですね」

『ああ……もうすぐ入院だと思うと、さすがに気が重くてね』

どうしたんだい、と梶本は柔らかな声で訊《たず》ねる。

「弓道……まだ、嗜《たしな》んでいらっしゃいますか」

『ん？　弓道か。そうだね。心を落ち着けるために、続けているよ。弓道場も家にあるほどだからね』

「そうですか……」

レミーマルタン。

ケンタウロスのシンボル。射手座の象徴――矢を射る者。

女は、灰原力がこの件に関わっていることを雪也に伝えたかった。それはきっと、巨悪の存在というよりも、ちょっとした謎掛《なぞか》けだったのかもしれない。メモの意味に気づくか、気づかないか――そういった遊びの『役割』を任された存在だったのではないか。

「今回のこと……梶本さんがどこまで関わっていたのか、俺は知りませんし、知る必要もないでしょう。ただ……」

映は静かに問いかける。

「俺の大切な人は、これ以上傷つけられずに済みますか」

『ふむ……君は、やはりすごいな。驚いてしまったよ』

梶本の様子に動揺は見られない。純粋に驚いたという感情しか、その声音《こわね》からは聞き取れない。

『安心しなさい。私はこの件のみと決めていた。彼の父が亡くなった抗争は、私の交渉ミスのためでもあったのでね……彼の考えに少なからず共感したからでもあるが』

「それでは、日永さんが安全に逃げおおせているのも、あなたの力が大きいのですね」

『そうなるね。私が色々と根回しをしてやった。少しでもこの世界を平和にするため……彼の計画は意義があったように思うよ。まあ、それもほんの少しの可能性に過ぎないが』

灰原力という裏社会の重鎮。そのバックアップを得て、日永はすべてを完遂した。

けれど、これで彼の企みがすべて終わったかはわからない。梶本がこの件のみ、と言うからには、他にも何かがあるのかもしれないからだ。

しかし、ここから先のことは、映でも推理のしようがない。梶本は日永の居場所を知っている。だが、決してそれを口にすることはないだろう。

「俺が聞きたかったのはそれだけです。夜分遅くに、申し訳ありませんでした」

『いやいや、構わないよ。君の方からかけてきてくれるとは嬉しいものだ……入院生活も、君の絵と声を支えに、頑張れそうだよ』

いつもと変わらぬ温かな声。決して素性を悟らせなかった長年のパトロン。

そう、それだけでいい。絵を描いていた者と、それを援助していた者。それ以上でも、以下であっても保ってていけない関係なのだ。


世の中ひとつの世界に見えても、そこには見えるものと見えないものとがある。

背中合わせで暮らしていても、近くにあるのにわからないもの。同時に存在しているのに、決して交わらないもの、理解されないもの。

あると知っていても、見てはいけない世界が存在する。

深く足を踏み入れてしまえば、戻る道はないかもしれないのだから。

あとがき

こんにちは。丸木文華《まるきぶんげ》です。

フェロモン探偵シリーズも五冊目となりました。こんなに続くなんてびっくりです。皆様のおかげです。ありがとうございます。

今回は雪也《ゆきや》にスポットライトが当たり、初めて白松家《しらまつけ》、ヤクザなおうちを描写した話になりました。前作からちょっと危険な香りのする流れだったのですが、意外と（？）そこまで殺伐《さつばつ》とはしませんでしたね。

視点が映《あきら》、雪也と交互になるので、全体がヤクザな雰囲気にはならなかったのですが、少しだけいつもと違う内容になったかなと思います。映はいつも通りトラブル、フェロモン体質を遺憾なく発揮していますが。

新しい登場人物もたくさんいて、最初はそれぞれのキャラの設定を書きすぎていて、後に省きました。白松組関係者がほぼ全員初めてで、一から説明しなければいけない人たちばかりだったので……もちろんこれまでも新キャラはその都度出てきていたのですが、濃いキャラが多くて、まとめるのが少し大変でした。（笑）

それにしてもこんなに離れ離れになっている二人はとても珍しかったですね。電話であれこれプレイも考えたのですが、今回常に映の側に他の男がおりましたので断念しました。

彼を苦しめる目的で実行する映がいても面白かったかもしれないですが、後半だとちょっと違う展開になってしまいそうです。

私はどうやらワンコ属性のキャラが好きみたいで、光《こう》はとても楽しく書きました。

戌年ということで、前にツイッターで自分の作品で犬っぽいキャラの出ているものを上げてみようとしたら、ほとんど全部でした。（笑）

攻めが受けを溺愛しているのが基本なので、そうなってしまうんですかね……。そしてしつこい。なぜかオカン属性持ちも多いです。

反対に猫っぽいキャラは受けの方が多くて、気まぐれでちょっとひねくれ気味なのが多いのは、やっぱり犬同士をぶつけたらすぐに相思相愛になって山も谷もないからかな？　自分でもよくわかりません。恐らく純然たる好みです。

雪也も大型犬、番犬と映に比喩される通りのワンコ属性ですね。飼い主の言うことはあまり聞かないダメ犬ですが、身の回りのことは全部やってくれるしお金もあるので、相当優秀な攻めだと思います。

そういえば貧乏な攻めもほとんど書いたことがないような……やはり古きよきスパダリ攻めは外せません！

最後に、この本を手にとってくださった読者の皆様、いつもながらに艶《つや》やかで華やかな絵を描いてくださった相葉《あいば》先生、そしていつもお世話になっております編集のI様、本当にありがとうございます。

またどこかでお会いできることを願っております。

『ヤクザに惚れられました　～フェロモン探偵つくづく受難の日々～』、いかがでしたか？

丸木文華《まるきぶんげ》先生、イラストの相葉《あいば》キョウコ先生への、みなさまのお便りをお待ちしております。

丸木文華先生のファンレターのあて先

〒112-8001　東京都文京区音羽2-12-21　講談社　文芸第三出版部「丸木文華先生」係

相葉キョウコ先生のファンレターのあて先

〒112-8001　東京都文京区音羽2-12-21　講談社　文芸第三出版部「相葉キョウコ先生」係

N.D.C.913　252p　15cm

丸木文華（まるき・ぶんげ）
6月23日生まれ。B型。
一年に一回は海外旅行に行きたいです。

講談社X文庫

white heart

ヤクザに惚《ほ》れられました　～フェロモン探偵《たんてい》つくづく受難《じゅなん》の日々《ひび》～

丸木文華《まるきぶんげ》

●

2018年4月26日　第1刷発行

定価はカバーに表示してあります。

発行者──渡瀬昌彦
発行所──株式会社 講談社
東京都文京区音羽2-12-21 〒112-8001
電話 編集 03-5395-3507
販売 03-5395-5817
業務 03-5395-3615
本文印刷一豊国印刷株式会社
製本───株式会社国宝社
カバー印刷一半七写真印刷工業株式会社
本文データ制作一講談社デジタル製作
デザイン一山口　馨

ISBN978-4-06-286986-7